岩　波　現　代　文　庫

# 母の発達・アケボノノ帯

笙野頼子
*Yoriko Shono*

文芸 351



岩波書店

# 目次

# 母の発達

# 母の縮小

母が縮んで見えるという視界の異変にずっと苦しんでいた間の事を、なんとか文章で説明してみたいと思ったのだが、そもそも縮み始めてからの記憶は目茶苦茶だし苦しまなくなったきっかけはごく単純な事で、しかもそれを機会に母と会わなくなってしまったのだから、一方的な話になってしまうかもしれないのだった。

母の縮小が始まったのはたしか私の思春期の終わり頃で、登校拒否のあげくに進路を国立大学の医学部から私立の薬学部に変えろと言われていたあたりだった。当時の私は軽い鬱状態にあって受験も迫っているのに学校には行かず、毎日正午まで起きなかった。夜は七時には床に入って、深夜の十二時頃に起きてラジオ講座を聞く。それだけで他は明け方頃まで冷汗をかいて悩んでいた。いや、悩むというよりもただぼーっとしていたのだ。

例えば、たまに午後の五、六時限目あたりから授業に出てみても、西陽を浴びて教室に入るともう誰も相手にしてくれず、ちょっとトイレに行っていたりするとその隙に誰かが人のボア付きコートをスカートの膝に掛けていて、襟のところを運動靴で踏んでいるのだった。嫌な顔をすると相手はうわめ遣いでこちらを見て、おともだちやん、と言うが、絶対に友達ではなかったのだ。——私は頭も心もボロボロになっていたのにずっと成績が良いと思われていて、実力テストの順位をやたら訊かれたりするのに嫌気がさし、クラスには、余計、いづらくなっていた。

理科系クラスなので数Ⅲの授業があってそれも難儀だった。なんで理科系にいるのかさえ判らなかったのに、どうしても進路を文系に変える事が出来ないのだった。家中がみんな理系だった。理科系は食える、文系職業の女は国語の先生かサラリーマンの妻じゃないか、脅かす言い方で周囲から言われて私は育っていた。国語の先生という言葉とサラリーマンの妻という言葉は特に母の口から発音されると、選挙権もないようなニュアンスになった。医者以外の職業を選びたいと言うと、ホステスにでもなんでもなれるねえ、とひやかされた。そのホステスという言葉も母の口から出ると、現実の職種や労働条件を越えてしまっていた。

テレビでも会話でも女医という言葉が出ると母は上機嫌になった。その事を指摘すると被害妄想だと言われた。人間は自由に生きるべきだ、と母は絶えず私に言ってきかせたが、自由はエリートの夫を持って、家事を完璧にこなす女医にしかやって来ないのだった。といっても、母は別に女医ではなく仕事は職場のライバルだった男達の妨害に遇って辞めさせられてしまっていた。――母は、現実に絶望していた。私の性別も嫌だったのだと思う。そんな母の背後霊か何かのような形で、いつもいつも私は母の後ろに、父の顔を見ていた。

父は一応毎日家に帰って来ていた。が、私がどんな人間で何をしているかという事などにはまったく何の興味もなかったのだ。というよりこちらが興味を持って貰えるレベルになかったといえる。もしかしたら父も私の性別が嫌だったのだろうか。――当時の父は私がそこにいるという事に気付いただけでも不機嫌になった。しかもその後ですぐ罪悪感に捉えられて急に鬱状態になり寛容な言葉をのべ、どんどん犠牲者になっていった。私も私で父の実体をとらえる事が出来なかったため、父とは出来るだけ顔を合わせないようにして暮らしていた。家を出てしまう直前などは、もう父が生きているという事さえ忘れてしまっていた。そのくせ親の世話になって暮らしていたのだった。

要するに私は、学年が進むにつれ親の期待を裏切って煮詰まっていく子供だった。

ありがちなパターンだが私の場合はそればかりではなく、存在そのものが罪悪というレベルにまで落ちて行った。昔からなにもかもに凄まじい干渉をしてきたはずの母までもその頃には、もう、私から目を背けていた。といっても別に腫れ物に触るようなというのではなかったのだ。母はただ投げ遣りな声になり私と同じくらい長く布団に入っていた。そしてやはり寝不足の目をし、ただ何かの拍子にふと気が付いて、私の将来について問い質すのだった。私には何も答えられなかった。将来どころか明日の事も判らない感じだった。

数日に一回、凄まじい干渉が蘇り先行きを訊かれる。が、そもそも医者になれない私が何になろうが母には気に入らないのだ。医者でないのなら結婚をして欲しいという程度の事で、結婚をするのならもうただの女だから口紅を塗れ、と母はわめき、口紅を持って私を追い掛け回したりして難儀だった。ふん、土井たか子だって口紅を塗っているわばっかやろう、左卜全も坂本龍一も、中村歌右衛門も、お化粧ならばやっているではないかっ、と言い返すだけの、たったそれだけの知恵を私は持ってなかった。私は医者になれなかったので、奴隷身分になって売り飛ばされるだけだと思ってしまっていた。

そんなやりとりが何箇月か続いて、その何箇月かを何千年であるかのように感じ始めたある日。——数日先に私立の入試日がもう迫っていて、それなのに睡眠時間の調整も出来ていなくて、その日も起きると既に正午だった。受験する学校は他県にあり、それがまた母の気に入らなかった。ひとり暮らしをしたがるようないやらしい女だ、という偏見に基づいた一方的な脅しが、ごく微かなほのめかしの形で何日も前からどんどん飛んで来ていた。実は私はそれ以前に地元校の推薦入学の面接も受けたのだが、試験の前の日、自分が試験を受けるかのように興奮した父と母に試験前日の態度ではないと叱責され、結局興奮して眠れなくなってしまったのだった。さらに試験が終わると、結果を正しく予想してみろ絶対受かっているだろうなと問い詰められ、鼻血を出したが、結局は推薦には洩れてしまっていた。

それ故その日、母の機嫌はことの他悪かった。地元校の推薦を落ちた直後には国立に受かればいいと非現実的な事を言っていたはずなのだが、無論そのままで済むはずはなく、ともかく一波瀾あると予想はしていた。

ふがいないと言えばまさにふがいないが、母のその日の機嫌が私の幸不幸のすべてを決定するという状況が長年続いたせいで、いつしか起きただけでもうその日何があるかを、私は完全に予測出来る体質に変わっていたのだった。が、厄介な事に、いくら先が見えても、機嫌の悪い母から逃げ出すというたったそれだけの行為が、当時の私には出来なかった。なぜだかその頃、機嫌の悪い母は不幸なのだ、だから私が慰めなくてはいけないのだと思い込んでいた。だがそもそもいくら母の体調を心配するような事を言ってみてもまた家事を手伝ってみても、当の原因が私自身、というのではどうしようもなかった。いや、当時ですら私でさえ、そんな事は充分に判っていた。それでいてまるで地獄に擦り寄って行くように、私は母を勇気付けようとしていたのだった。その結果出来ない約束をさせられ、泣くまで問い詰められた。しかもその前にさんざん無視されて相手の不機嫌に苦しんだ挙句だった。結局私は変形した家庭内暴力であるかのような不毛な慰めを母に与え、それで一層事態を悪くしていたのだった。

……その朝起きると、偏頭痛で私の頭はひきちぎれそうになってしまっていた。成績が落ちてからずっと悩まされて来た頭痛だったのだが、ついに、あきらかに異常というレベルに達したのだ。自分の勉強部屋のベッドから居間に入ろうとした時には、もうまともな感覚があるのは歩いている足の裏だけになってしまっていた。

私の耳から上は完全に痺れ、視野の両横には銀色のナメクジのような形が無数にものすごい速さで流れていた。それでも外見はまともに見えたのだろう。母は私を見て、いつもの、さあ体調を訊いてくれと言わんばかりの、不快気な、ふーっ、というため息をついた。が、私の頭頂ではもう火花のような痛みが発生して、視界はいつのまにかきしみ始めていた。その上、それに気付かぬままの母の第一声が入って来た。

——まあ今日も早いこと。好きなようにしてええのよ。それでよければねえ。

その声がプラスチックの塊のようにこっちへ転がってくるのがなぜか、はっきりと見えた。視野の両脇に出ていただけの銀色のものが、凄まじい目の痛みとともに両眼の真正面になだれ込んで来た。気が付くと私は片腕をフランケンシュタインのように上げて、ゆっくりと妙に幸福そうな声で発声していた。

——あー、おかあさんがちいそうなる。

おかあさんがちいさいっ。おかあさんが豆粒みたいになってしまう。

みたいに、という言い回しは、ずっと昔にグリム童話の訳語で覚えた表現であった。普段の会話体ではそれまで私は使った事がなかったのだ。無意識にした事だが、その時に自分の言葉が物語の世界にそっくり入ってしまったという感じがした。そして――。

妙な言葉遣いと完全に呼応するように、視野の中を、最初はただ流れていた銀色のものがいつしか静止し、それは瞳を桶のタガのようにしっかりと押さえ込んだ。――無検眼の時のようなレンズが何枚も付いた眼鏡が、眼球のただ中に塡められていた。無論眼球は締め付けられていた。視野はごく狭く固定されてしまい、その中に居間の炬燵と母だけがしっかりと結晶していたのだった。頭痛が波打つ度に、耳元でカチリ、カチリ、とレンズを取り換える音がしていたのを覚えている。その音の度に炬燵は元のままで、母だけがどんどん色が濃くなり、テレビの画像のように光り始め、じわじわと輪郭を歪めながら……縮むのであった。

――あー、まだちいそうなるまだちいそうなるっ。

おかあさん、そんなに、かちり、かちり、ていわんといてえ。

子供のような声で私はその眺めに支配されるままに、そう訴えるしかなかったのだった。

その時の母は私の目の前で、結局七センチ位には縮んだと思う。縮んでいながら元のままの大きさの炬燵に、途中まではちゃんと入っていて、座ってもいた。が、途中からいきなり炬燵の板の上にぺん、と飛び乗って、両手をまっすぐに伸ばして足を撥ね上げながら踊り出した。それからというもの、私のその日の病状により母は様々に縮むようになった。

最初の時は実際の身長一メートル六十六センチから、一気に十センチ以下になったというだけの事であった。が、やがて、日によって縮み方に差が出ると判った。

母は最初、ただ娘が度を失っただけだと思ったらしいのだった。しかし、私があまり何度も繰り返すので、どうやら自分が変わって見えるのだという事を納得したらしい。その内今日は何センチと訊くようになった。考えてみれば、それが初めての母と私とのまともな会話だった。母は私に、命令するかわりに、質問をしなくてはならなくなってしまった。暗示や脅迫では、母自身の縮小度を支配出来ないっ、という理由で。

こうして、……暫くは平穏な日が続いた。が、初期の頃はただ縮むだけで済んでいたのが、病状が進行するにつれて、私の見る母は、どんどん変形するようになった。

例えば縮んでしまった母の発する声にしても、普段の威すような暗い声や長いため息から、いつしかきいきいいうような子供っぽい喋り方に聞こえて来た。その上性格や職業まで変わってしまっていた。縮んでいない時は主婦なのだが、縮んでしまった後は、――リキシャマンを廃業してウィスキーやオムレツを出す洋食屋の主人になった日系二世、という役どころになり、やがてはその店も閉めて今では遊び人であるという設定に変わっていった。態度も一変した。縮む前は世の中を怨み私を責めてばかりいたはずなのだが、縮んでからは急に超能力を発揮し始めたり、活発になったりして、性格もトリックスターのようでむしろ楽しそうだった。名前も律子からチャーリーに変わっていた。が、なぜかそれでも母が母である事だけは一貫していた。顔形と服装はまったく元のままで、ただ体全体が陶器で作ったようにコチンとした感じになり、小さくなっていた。小さいとあらが見えないせいか、いつもより健康そうであった。

　病状がもっと進んでからは、母の性別が女から男に変わってしまう場合さえあった。それも体が変わるのではなく、そういう設定になってしまうのであった。そんな時の母を、私はある時から、謎のおかあさん男と呼ぶ事にした。

　無論、そこまで変わってしまった母が本当に本当の母であるかどうかは、自分自身でも、疑問だった。母が縮むようになってしまってから、私はおかあさんという言葉が判らなくなってしまったのだ。

ただ、私としては決して遊びでそういう事をするのではなかったから、そんな状況はむしろ、非常に苦しかった。謎のおかあさん男、という言葉も苦しさのあまり考え出したのである。

母が縮んでいる最中はいつも頭の血管がゲジゲジになって、脳を齧っているのではないかと錯覚する程の偏頭痛に悩まされた。眼球の中にマツゲが百本入り込んでしまったかと思う程に目も痛んだ。そのまま半日程もそうしていると、痛み自体が何か自分とは別の生き物のように感じられた。頭痛が演説しているとさえ思う事があった。が、時折、その痛みの中で小さい母を眺め尽くしている間に、なぜか、何もかもがふいに気持ち良くなってしまう事があった。特に頭痛と一体化した鬱状態が高ずる時、縮んだ視界の中の凄まじい悲しみの中から底光りがして、母は生まれてから死ぬまで一度もガラス球の外へ出た事のない、世界に一匹の貴重な虫のような、不思議さと可愛げを湛えた生き物に見えた。すると母が哀れになり、その一方崇高に見えた。世界中の苦しみを背負っているがために彼女は縮んでいる、そんな感情が高ずると私は泣きながらすぐに叫んだ。

——あーおかあさんというものは、物質化するしかなくっ、キノコか猫の糞の固めたのか、雀に着物を着せたようなものか、あわれで、ごちごちして、わけのわからんものなりー。

いつしか私は、小さくなった母に対して、常にナレーションを入れていないではいられなくなった。そうしていないとぎりぎりまで変形された母を見失ってしまいそうで嫌だったのだ。ナレーションに合わせて私の視界の中で母は動いていた。が、実際の母がその時どうしていたのかは、私には未だに殆ど、判らないのだった。いや、時々は実際の姿と縮んだ母とが、だぶったりぶれたりして見える事があった。またそんな時、実際の母は、まんざらでもないようなにやにや笑いを浮かべていたり、疲れ果てた土気色の顔でため息をつき泣きそうであったり、背中を向けて流し台に立っていたり、凄い音を立てて頭や背中を掻いていたり、或いは着替えをしていたりした。決して私を脅かしてなかったがどこかで私を憎んでいるように見えた。

そんな中実際の母には目もくれずに、私はお母さんらしくない幻想のお母さんをひたすら追求した。何よりも小さくなったそのありさまを語り、また全ての小さいという可能性を出し尽くすためにどんどん嘘を入れた。するとその嘘に今度は幻覚が支配されるようになって、私はいつしか自分の嘘や願望を声に出す事で視界の中にある幻の母の、身長や形態を自由自在に操る事が出来るようになった。例えば——。

——ああ、今日はおかあさんがコショウの瓶とちんまりならんどるわ……。

と言うと、母はたちまち小さい硝子瓶の横にちょこんと坐っていた。そして——。

——ああ、今日のおかあさんは、クシダンゴの上に登っとるわあ……。

ああ、おかあさんが今日は緑色の着物着たで、アマガエルと間違われてシギやらカラスやらに追っ掛けられとる。

あれ、おかあさんはスズメ目キンパラ科の生き物に今までは分類されとったに、木に逆様に止まるて判ったらゴジュウカラの仲間に分類されてしまうようになったのやわ……。

母はいつのまにか小鳥や小動物の性質を帯びるようになった。大きさや状態の描写だけでは母を語り尽くすのに限界があるため、私は意図的に母を動物化してしまったのだ。それ故、母は毎日のようにうさぎの糞をしたりテンジクネズミの捕食行動を取ったり、フクロウを恐れて石の下でじっとしていたり、民家の物置の布団の中でヤマネのように丸まって冬眠をしたり、するようになった。案に詰まると私は動物図鑑や野鳥の本を参考にした。

——ほー、今日のおかあさんは猟友会の鉄砲の音で目を回すわ。

害獣に指定されて外へ出られへんわ。

おかあさんの好物はピーナツと生のイモと畑の麦やったか。

クマ、シカ、オカアサン、が山の温泉につかりに行ったのやわ……。

やがて——テレビや図鑑の中の動物の習性を全部使い尽くしてしまったため、一旦語り止めなくてはならなかった私の目に、ある日前よりも一層怨みに満ちた顔の、言いたい事を全部黙らせられてしまって、表情の強張った母の顔が見えた。

その母を見ているとまた恐怖が蘇った。それからは母をまとまった冒険の旅に出す事に決めた。縮小後の母の性格はそういう事に向いているように思えたのだった。私はそれをただ実況中継した。

——……はいっ、今日はおかあさん、風呂桶の横断に出掛けましたっ、はたして泳いで渡るか、それとも石鹸箱の船にのるかっ、それともそれとも、おや、石鹸箱の中に溜まった水を、頭を突っ込んでなめております。おなかを壊しますが……ああ、おかあさんというものはまったく無鉄砲なものです。ヒヨドリよりは利口だが、どうも我慢が足りないっ。

その設定だと、母が家の中を一回りするだけでも大冒険と言えた。一話を語るのに一日かかるため、私は次々と新しい事を考えなくても済み、少しは楽になった。ただ元に戻った時の母が今まで以上に弱り、異様に疲れていたり常軌を逸しているようにも思えるので心配になった。つまり、冒険のナレーションを終えると、母の実際の姿がきちんと眼に入り、そんな時の母はよく心臓を押さえてはあはあ言い幼児のように顔を膨らませ泣きそうにしていたから。母を縮める度に母の命も、一緒に縮めているのかもしれないという気がして来たのだった。が、実を言うと、私が命の短縮を心配してあげる母というのも結局は縮んでしまった後の母だけであった。縮まぬ状態で対峙していた頃、母はただ怖かった。普通の大きさだと母は巨大な壁か声の出る部屋のような感じで、私はその壁を際限なくよじ登るか、声の出る壁に囲まれた部屋の中で、じっと座って息をしないでいる状態になってしまっていた。母を見ただけで罪悪感にかられ、母といるだけで死にたくなっていった。

で、そのあたりから母の冒険を、私は家の中横断からまた、童話のパロディの物語の旅に変えた。どういうわけなのか親指姫やニルスの主語を変えるだけだったら、母は疲れないという事が判ったのだった。が、図書館にあるあらゆる民話の中の小さい英雄の遍歴を全部なぞってしまうと、私と母との関わり合いはまた尽きてしまいそうになった。小さい母を動かす事で小ささを確かめるという、方法がとうとう終わったのだった。

結局、そこから先は今までにないパターンで、どんどん母そのものを縮めて行くしかなかった。もう物語のレベルではおさまらなかった。母の特徴を生かすどころか、生物としてさえ、肉眼で観察が出来ない程に一旦は縮めた。

——おっ、こんなところに釘が出ているると見るとおかあさんであったっ。

ただ今のおかあさん、猫のサナダムシ程になっております。

おっとおかあさん生えかけの顎鬚程の点に変わっております。

ああ、おかあさんは今日はもう粉みたようなものになってしもうとるわ……。

これはいかん、おかあさんが畳の目の中に詰まっとるわ。後はもうノミトリ粉と一緒に上がって来るしかこの世に出て来る方法がなくなってしもうた。

粉程にしても母は別に死ぬわけではなく、畳の目の中からピチピチ音を立てて上がって来た。その時には無数の粉状の母という存在になってしまっていた。つまりある大きさ以下にしてしまうと、どうやら分裂して数が増えてしまう事が判ったのだ。例えば一センチくらいにまで戻してみると、鉢の下のダンゴ虫のような感じで十七体が出て来て、それぞれが勝手な方向にじわじわと動いた。さらに三センチにまで嵩を増やすと、寝ている時の布団の四隅に立って留袖を着てにこにこしながら、言葉は喋らずに盆踊りを踊るようになった。だがそうやって一通り縮めてしまうと、結局またやりきれない世界が見えそうになった。

結局、母のパターンが出尽くしてしまうと、苦しくて家の中に居られないのだった。いつまでもあらゆる方法で縮小していないと困るのであった。たねがなくなりかけた頃に、ワープロが出回った。家でも買う事になった。

思春期の終わりから気が付くと十数年が経過していた。私は無為に家にいて、ただ母を縮める以外の事はなにもしてなかった。父は外国に住みついてしまい、私は父を搾取して暮らしていた。母の縮小のネタが切れる度に、何度か家を出ようとしたのだったが、母が倒れたり身内に止められたりして出られなかった。

ワープロには、無論一番先に母という文字を打ち込んでいた。ディスプレイに載せた母、という字は字体のせいなのか、今まで一度も見た事のないような異様で、無意味で、変な言葉に見えた。その変な言葉をまたワープロの縮小キーで縮めてみた。たまたまそこへ、母がやって来た。

私は母に判るようにわざと母という文字をディスプレイに向かって拡大して打ち出し、それから縮小機能を使って普通に打ち出し、もう一度縮小キーを使ってまた縮めてみた。普段の検眼の時のようなカチリカチリという音もなしに、母という文字が、母が縮んで行く。そのせいで頭痛もなくとても楽であった。

気が付くと私は聞こえよがしに、嫌な感じのひとりごとを言っていたのだった。

——あー家庭内暴力の代わりに母を縮めてもう十数年来たけど、どうせ縮めるのやったら母という文字を縮めたら良かった。この方が本物のオカアサンなんかよりずっと可愛らしい。

振り返ると母は、普段通りの硝子の向こうにあるような縮小をしたまま、そろりそろりとひとだまが寄って来るように這い寄って来ていた。が、いつもと違ってその日は、母の体が小さいと形容するよりは、むしろ母自身が無限遠方にいると表現したいような感じだった。

いつしか私はナレーションを止めていた。そのかわり今までにない冷たい声で母に話しかけていた。母の小さい崇高さと哀れさとが、いきなりどこかへ吹きとんでしまっていた。

――ふん、そこまで縮むと三メートル歩くのに五年かかるわなあ。

へっへっへっへっへっへっふん、と私は笑った。

――あ、ちいそうしたな、わたいこと、ちいそうしたな。

母はすぐに、また私に縮められた事に気付いて声をあげていた。が、その声を聞いて私はまた驚いたのだった。最初の頃、母はよく、今日は何センチと訊いたものだが、今の母はもう私の決めた台詞しか喋らないようになっていた。確かにその日の言葉遣いも私の作った台詞と同じようで、現実の母とはかけ離れた幼児的なものであった。けれどついに声までも究極、今まで聞いた事のない邪悪な感じで、喋りかけて来ていた。

――あ、ワープロにわたいのこと入れてなんかしとる、な。おかあさんて書いたらもう、ぜったい、わたいのこと書くのやから、な。

冷笑からさらに、私は舌打ちした。

――ちっ、おかあさんいうたらみんな自分の事やと思うとるわ。

母は首をへふん、と曲げ猫のように竦め、後ろを向いた。そして私が飲もうと思ってふたくち残しておいたコーヒーを後ろを向いた恰好のまま、蝶が果物の皮にとまって果汁を吸うように、上体をカップに突っ込んでどんどん飲んでしまった。飲みながらカップの中に入り込んで行った。縮めた母は結局、母という文字に過ぎないのではないかと私は思い始めていた。

これで、……家を明日にでも出られるような気がしてきた。また、家を出て自分でやって行けるのだとも。母に話しかけるのにふさわしい言葉を私は発見したと思った。そして言った。

——おい、なんでお前はわたいのコーヒーを飲むのや。コーヒーカップまで一緒に縮める気か。お前はおかあさんと違うて、ただの悪い妖精やないか。

母はカップから慌てて首だけ出し、急に偉そうな態度になった。このような時の母は自分の気持ちだけを言って私を誤魔化そうとするのだった。

——あーひとのコフィはおいしい、ひとのコフィは最高じゃ。わたいはおかあさんやもの子供のコフィくらいは飲んでしまうわ。

そう言われた時に私の指はふと縮小キーから外れた。母の子供化をまだしてなかったと気付いたのだった。それは縮小より、もっと残酷な事かもしれなかった。

そこで私はワープロに向かったまま、わざとらしくため息をついてこう発音してみた。

――ああもう、この子は確かに私の実の子とは違う。本当は私の実の母なのやわ、

そやけれども実の子のようにして育てているのですに。

わうっ、と母は息の音だけで叫んで、目をのの字型にした。足を踏ん張り両手で握り拳を作ると、立ちはだかるようなポーズで静止してしまってから……。

――ああ、実の母を実の子扱いとはなんということや。

そこで母は子供化する代わりにまた縮んだ。縮む時に仰向けに転んでしまい、カナブンかなにかのように手足をばたばたした。既に蠅くらいの大きさしかなかったが、今までと違い、分裂して増える事がなくなっていた。愛のナレーションでは決してなく、ただ冷静な感想を私は述べていた。

――あ、こんなものアースのスプレーでしゅっとしたら、ころんと死んで蜘蛛がすっと持って行ってしまうわ。スプレーがなかったら紙袋の中に入れたらええ、袋の端ぴーんと弾いたら中で、ブブブブンッ、ていうて飛び回って悔しがる

わ。

すると、悪い妖精の母は蠅の大きさのまま、ぱしっと起き上がって言い返してきた。

——なにがわたい、お前の子供なんじゃ、おかあさんがお前を産んだのやぞ。

まともな言葉を私は言い返そうとしたのだった。が、口から出たのは今までの縮小の成果としか思えないような支離滅裂な、およそ母と子の会話からはかけ離れた台詞だった。

——なーにがおかあさんじゃ、なーにがおかあさんじゃ。ふん、その前は堆肥の中の虫やったやないか。藁しべと一緒に河のとこへ流れて来たのを、三軒先の女医さんが木の枝で引っ掛けて上げたのやないか。そしたらがっ、ていうて足に嚙みついてそこら中走り回ってみんながびっくりしたて。

小さい母の顔が真っ赤になった。急に、しこを踏むような悔しそうな足付きで、小さいなりに物凄い速さでこっちへ近付いて来た。怒っているのだろうな、とぼんやりと思った。それでも支離滅裂な言葉は止まらなかった。

——ふんお前なんか割り箸で挟んでおいて、椿のはっぱ敷いた、マッチ箱の中に入れてしまうぞ。

タケカゴの中に飼うておいてシチューの風味に放り込んでしまうぞ。

母も負けてなかった。

――うるさいわい。おかあさんいうたら、どんな物凄い有名か判っとんのか。

カブトムシがマッチ箱を引くように、母は居間に放り出してあったその日の新聞を引きずって来た。ムササビのように爪を立ててテレビに這い上がりチャンネルを換えた。

――それ見よ。それ見てみい。どれもみんなわたいのためにやっとるんじゃ。

母が新聞紙を持ち上げて私の目の前に突き付けようとした。が、それは数センチ程端がめくれ上がっただけで、それでも母は全身で新聞を支え両手を伸ばして掲げているのだった。私は屈んでその新聞紙を母の手から取り上げ、というより、拾い上げた。

――見てみい。みんなわたいこと書いてあるぞ。朝のテレビ、みんなわたいの話ばっかりじゃい。

新聞のテレビ欄にはおかあさんと一緒、という番組名が書いてあった。母と子のなんとかという類の題名も多かったのだ。が、私は平気で、昔父が私を叱った時のように頭ごなしに言った。

——それがどうかしたんか。どうせ、国営放送のとこだけやないか。

——ちゃうぞ、薬も、食べ物も、みんなおかあさんのうんこがひっついとんのじゃ。

母はきいきい言いながら私の足首にしがみつき噛もうとした。その母を私は指でつまみ上げて、ディスプレイの上に叩きつけた。そのままその上を掌で強く押し続けると、急に抵抗してくる厚みがなくなってしまった。見ると母はヤブカのようにぺしゃんこになり、ディスプレイの中でインベーダーのような、小さな記号になって点滅していた。母という文字ですらなくなっていた。そのまま私は縮小キーをどんどん押し続けた。それからしばらくして、私は家を出てしまった。

母の縮小を止めた頃から気が付くともう、六年以上母に会っていない。だが時々は母の夢を見る事もある。

その時の母はやはり昔のままの家に住んで、障子の桟の上に悲しげなとぼけた顔付きで座っている。桟の上で時々ぱっぱっぱっぱっぱっ、と手を上げて障子紙を叩き、チャタテムシのような音を立てる。戸棚の中に入り込んで布巾の隅に座る。

# 母の発達

（ダキナミ・ヤツノの見ている）夢の舞台の上では、ヤシロアキとサミラ・トーフィクが一緒に歌っていた。雅楽のリズムを行進曲風にアレンジしたその演奏曲は、よ、、、く聴くと、ドヴォルザークの「旅路」だった。なおかつ、うまい具合に歌詞は日本語だけどなぜか唱歌、冬景色のものなのであった。しかもよく見るとヤシロアキばかりではなく、そこには都はるみと島倉千代子まで加わっていた。その上で四人の歌姫は、着物とイブニングとイランの民族衣装で、一斉にこぶしを利かせまくって、教科書にあった、あのメロディーを唸り続けているのだった。なお、サミラ・トーフィクとはイランのヤシロアキと日本で紹介された国民歌手であるが、夢の中のことにて、妙に日本語はうまい、わけで、……。

――はい、みなさん、御一緒にぃいい、と言ったりして……。

〈ふぅうねにぃいん、しぃいろしぃいい、あぁさぁのぉしぃもおぉおぉおぉおん――〉

……夢の舞台の前方には世界各国の打楽器が並べ立てられていた。人間大の蛙がそれらを叩いていた。どの蛙も鮮やかな緑色をしているがはたして彼らはモリアオガエルなのかアマガエルなのかそれとももっと他の種類の緑の蛙なのか。実を言うとそれが、最後まで判らない。だが別に困らない。どうせ、夢なのだし。

夢見ている事を当の夢の中で、ヤツノ本人は既に知っていた。夢よりも有り難いものはないと夢の中で思っていた。——舞台の上の世界紅白歌合戦の華やかな幕。その有り難さ。幕の縁に取り付けられた緑と黄とピンクのモールの飾りが、こっちに倒れて来る。

でも、無論、眠りの中でヤツノは、自覚していたのだ。目覚めれば一生で一番重い一日の始まりである事、これ以上重い日は生涯来ないはずだ。起きた時にはもう、そんな諦めだけが、汚れた夏みかんのように両肩にのっていた。それでも起き抜けの目にはまだちかちかと、夢のヤシロアキのイブニングドレスの、激しいオレンジ色ラメが絡みついて、現に目の前もちかちかしたのだった。もともとこういうちかちかがヤツノの持病なのだ。

この病は確か思春期に現れたものだ。

注―本文主人公ヤツノの思春期から五十代目前の今まで、こういったちかちかは精神の危機や肉体の疲労に際して必ず出現した。それはいつも激しい頭痛を伴い、深い厭世感を湛え、甘美な絶望で彩られていた。そんなちかちかの度にヤツノは幻を見たものであった。実の母親の姿が縮んで虫や人形のようになってしまったり、実の母親を残酷にも、ワープロの中に閉じ込めて殺してしまったりという幻をである……だが今さらそんな幻がなんだというのだろう。彼女はもう既に逃れようもない現実のただ中へと、目覚めてしまったのだから。

## その日のヤツノの日記

本日、五時起床。取り敢えず親戚に電話をした。起きぬけの空気と一緒になって、電話番号の数字もちかちかした。

――もしもし。

（ヤツノ）数十キロ先の他県に住むシミヒコ叔父に、連絡――。

──（そのシミヒコ叔父の声）おぉおぉお。

──（ヤツノ独言）ああ一族だとすぐ判るのに一族の誰かは特定出来ないその声。電話番号がシミヒコのものだからそれと判るだけだ。

──（さて、ヤツノ会話開始）もしもし。そちらは番号×××−××−××××、ですね。

──（シミヒコ）ああ、……はいー、……どなたさんでー。

（注─ヤツノ日記の中でさらに独白）……ふん、声を聞いたって顔なんか判らない叔父。ただ叔父は十年前に一度会った時は既に、半分禿げていた。その時の叔父は、我慢しろ、我慢しろ、と私に向かって泣いた。そこで、我慢してるのは母の方なんです、と私が言うと、ああ仏のようなと言ってまた泣き続けた。この叔父にその前に会った時私は赤ん坊だった。しかも叔父は養子に行ったので姓が変わっている。叔父の家は10ＬＤＫで納戸はなく、蔵が庭にある。その事なら知っている。だが、姓の方は何というのだったか、三度も聞いたのだが忘れてしまっていて、（注─そのためヤツノはとっさに名字を尋ねる事が出来なかったのだった）

（ヤツノ）ソウ、フザケテイルノデハナイ。声ガカケニクイダケ。

——もしもし……私、ワカリマスカワタシ……。

——（シミヒコ）えー、……え、なんですやな。

えー、はやや怒り声、その後はまたくぐもった夢の中の声だ。眠た過ぎて怒りを持続する力が湧いて来ないらしいシミヒコ叔父。なんと気の毒な、とそう思うのに、ヤツノには自分の空元気のいきおい、体についてしまったお喋りの癖みたいなものが止められない。ああ後々自分は困るだろうなとぼんやりと思いながら、頭の中の困っている相手の姿を、押し潰すような感じで、喋っていた。

その時のヤツノの目の中では、玄関脇の電話台の上に置いた、真っ黒なプラスチックの枠の巨大な砂時計の中の、黄金色の砂がさらさらと動いていた。改めて思った。十時間計というものがこの世にはあるのだと。それは赤ん坊の背丈程の大筒の中で、ごく微かに煙か霧の糸のように、砂の一粒ずつを繋いで流すように、砂流が落ちて行く……。

注—この砂時計は、昨日来たヤツノの従姉妹のオカブンカブシ子が、ヤツノの母への土産に持って来たものだ。でも確か一年前、これとまったく同じ品を彼女が母にプレゼントした時……母は彼女に頭が痛いわと告げ冷笑しながら、ごく自然にそれを玄関の三和土《たたき》の上に落として壊したのだ。それから彼女の方をゆっくり振り返って、別に必要ないものね、と言ったものだ。なのに昨日、そっくりの品をブシ子が気紛れに買って来た時、まあ気のきく事と喜んですぐさま玄関に飾ったのだった。その上ブシ子の前で、娘はこういう事してくれなくてね、始終家にいられてももう、年取って行くだけでと、嘆いたりした。確かにブシ子は彼女より二十七歳も年下だが。だが、それにしても……。

(注—錯乱したヤツノ、電話の前で独白) 私がそっくりの砂時計を買って来たのも、母がブシ子の目の前で私をけなしたのも、春の彼岸、一年に一度だけ私が帰省する時期であった。家を離れてからもう三十年以上も経つ。最初の十五年間は一度も帰らなかった。私はドイツに渡ってヤカンのデザインを学び、成功して日本に帰って来たのだった。そして一年に一度母に会うようになって……あ、……、自分が何を考えていたのかもうはっきりと判らなくなってしまっている。でも私は私だ。それだけは確かだ。でもその「確かな私」は、私はちゃんと、ちゃんとしているだろうか……そうださっき、シミヒコ叔父へと電話をした時の私は、ちゃんとちゃんともしもしと言っただろうか。

――もしもし。

注―闇の中からでも電話は通じる。

「――もしもし。

――そやで誰ですやな。どなたさんな。切りますにもうっ。」

その日のヤツノの日記

私は絶望した。怒りながら眠りながらでも電話相手の方が私よりずっとしっかりしていたから。つまり、いろんな事をずっと死ぬまで体に叩き込んでいて絶対に忘れないような、しっかりした人間の温かい声というものに私は傷付いた。ところがその時、なぜか、私に希望も湧いた。絶望と引き換えに出現する変な希望だった。こうなると人の温かさは九九のようになって、耳の外で勝手に跳ね回るだけになってしまったのだ。で、結局……私はそれを、目で追うしかなかった。つまり、ヒトの魂が演算する生温かい九九をである。

ににんがし、……人を叩けば痛い。にさんがろく、人に叩かれれば痛い……。

(注―その日ヤツノが発見した人間の温かさに関する九九のような法則について少し述べる)――……ににんがし、人を叩けば痛い。にさんがろく、人に叩かれれば痛い……そして人を大きな硝子の灰皿で殴れば殴られた人は死ぬ事がある。また人に大きな硝子の灰皿で殴られれば自分が死ぬ場合もあるのである。で、そんなふうに、誰かが死んだ時はお葬式をする。医者に連絡をし、死亡の届けを出し、その時点で、なぜか自動的に家に葬儀社からの電話が掛かって来たりする。人が死んだ家は葬儀社から、いきなり、電話を掛けられてしまうのである。だがもしもそんな電話が、掛かってこなかった場合は、こちらが葬儀社に電話を掛ける立場になる。そこで、枕元に置くものはまず経机、上に白い布と線香立て、もちろん、線香。

（注―ヤツノ独白）……ああ、線香、そして線香の煙、煙の煤、煤がはいあがって行く切り張りした襖、このあたりでは御飯に箸を立てるのではなく、団子を置くのだ。以前にそうしたから覚えている。祖母の時、祖父の時、大伯母の時、もうひとりの大伯母……そして死者の枕元に小刀を置くや否や、町内会で一番元気な老人が二十年前のストライプのスーツを着て、自前でお経の本を持って訪ねてきて、いきなり枕元でふかぶかと一礼して、あーわたしはもう九十三にもなるのにこの方はたったの〇〇歳で亡くなられてと嘆く……それから、それから、それから。

九九の法則がヤツノに訊いて来る、それから、私たちは、みんなで、どうしますか、と。さて、……。

――もしもし。どなたさん。切るんな。嫌がらせかいな。

どなたさんあたりから相手の怒りが、上り坂になっていた。その調子がヤツノにはとてもよくダイヤル越しに判ったのだ。布越しに生きたワニを触っているような複雑な楽しさ。しかも相手が激怒したところでその結果はたかがしれていた。なにしろ、相手は、三重県人なのだ……。

注―三重県人は一般に温厚で八方美人だと言われている。それは他県に住むようになってもまず変わらないとも。特にここの親戚はその傾向が強い。そう、三重県では常に人間は相手を思いやっていなければならないのだ。

例えば以前に日本テレビのみのもんたの人生相談で、嫁いだ娘が腕の骨を折られ虐待され財産も取られそうになり、その上相手から一方的に要求されて、品目をいちいち指示されて持って行った高価な嫁入り道具や、持参金同然の衣装なども、全部置いて出て行けとまで言われたので悩み、自分もそのショックで体を壊したがどうしようかという相談をして来た娘の母親など、いくらアドバイザーが訴えろ怒れと勧めてもひたすらなよなよと声を作って、それでも相手様のお気持ちや体面を傷つけてはあぁ、あちら様も人の子でありぃぃ、と繰り返していたが、もちろん、三重県人だった。

三重県人が怒る時、それは人間を止める時だ。

さて、寝起きとはいえまったくシミヒコの反応は悪すぎるのだ。しかし、そもそもどこにもろくに出ず来客にも挨拶せぬ、この家で一番出来の悪い娘が、自分から親戚に電話を掛けているのである。それだけで一大事だと判るだろうに。

(注―ヤツノ必死で独白)――ああ私は自分が誰だか……わかる判る。そう、私は……

――(ヤツノ)……ダキナミの長女ですヤツノですが。

(注―叔父驚く)――えっ、ヤツノさんか、あっ、どうしたヤツノさん、はあはあまあ……ヤツノさん、ヤツノさん、ヤツノさんかいな、それでっ……あんた学校かな、いやいや会社かな、違うわ、それでな、何かどうかしたかな、あああごめんな、わたし、寝とったでな。

ふいに、冬眠中のワニを好きなだけじかに触る嬉しさが突き上げ、ヤツノは思わず、愛想良く、しかもどこか強引な口早さでこのように言った。

――いえいえ、大丈夫ですよ。すぐ済みますから。ちょっと、ほんの二時間ばかし色々とお話をさせて下さいねえ。

## 日記より

その時の私はおそらく、医者のように頼もしい態度だったろうと思う。無論、それでも相手は困惑した。当たり前だ。だが、その困惑が、まさに素晴らしいのだった。三重県人の私が他人の都合も考えずに迷惑な要求をどんどん出していた。今までこんなひどい事はした覚えがない。つまり、ドイツに行っても家を離れても私はずっと今まで三重県人だったのだ。だが、昨日私は三重県人を止めてしまった。歯止めの利かなくなった私はクメール・ルージュよりも残酷になるだろう。手始めがこれだ。みんな起きろ。起きろ起きろ。起きて泣きわめけ温厚な三重県人ども、何かある度に我慢しろ我慢しろと言って泣きやがって、お母さんは年寄りやで、か。何が、やで、だ。そのやで、はどこの池カラトッテキタンダバーカ。ああそうだよ、ふん、私は夢の中でずっとドイツに行っていて夢で素晴らしいヤカンを作るデザイナーになって、成功して帰って来たというだけの事だ。

注―残酷だが、それが真実である。

（注―ヤツノ独白）――なにがドイツか私はこの家から結局一歩も出た事がなかったのだ。私がここから出て行こうとする度に母は倒れた。父が愛人のところへ行って殆どそこに住むようになってしまった時は平気だったのに。

父の葬式は愛人の家から出た。母は疲れるからと言って行かなかった。そしてずっと後になってから私に止められたと言ってわあわあ泣いたり、父の思い出の写真をわざと物陰に落としておいて、それを親戚の目の前でわざと見つけて、以前にわあわあ泣いた時よりももっともっと激しく泣いたりした。他の姉妹はみんな母と喧嘩し、家をとうに出て行ってしまった後だったのだ。私はずっと母の側にいてあげたのに。

注―確かにそれもまた悲惨な一真実である。そしてまた彼女の母が自立しない娘について嘆き続けた事も事実であるし、その一方、ヤツノが家を出て行こうとする度に軽い自傷行為を繰り返したり、寝込んだりして、「邪魔をした」事も事実なのだ。だがそうなると彼女自身がどうしようもなく社会性を欠き、「他に行くところがなかった」事も事実になってしまうし、その彼女をこの家から追い出さなかった母親の「寛容」も事実になる。

とは言え、「他に行くところがなかった」という事実は別に、彼女が「無能」である、という母親の視点を事実にはしてくれなかったのである。

（ヤツノ独白続き）……私は本当にいい娘だった。躾のいい賢い子供だった。いつも母の言いつけを完全に守った。公園にもレコード店にも文化祭にも行かず、学校から一旦帰れば一切、おつかい以外の外出をした事もなかった。その上で友達がいないと叱られた時も素直に謝ったし、高校の卒業式の後いつもと違う道を通って道に迷って、夜まで帰れなかった時も、申し訳ありませんと楷書でノートに千回書いてちゃんと、母に提出した。風紀委員に立候補しなさいと毎年母が気軽に言うのに応えて、いつも学年の風紀委員になった。何事にも勇気を持てと言われたからきちんと不良の人に注意をして、ずっと殴られてばかりいたのだった。そのくせ、そうだ母はどんな参観にも保護者会にも来た事がなかった。母は私に何か命令する時、いつも横を向いていた。結局大学だって「外に出た女は汚い」と母が言うから、入学金を払ってあったのに、一度も行かず除籍になってしまった。そのくせいざ除籍になってみると、まったく入学金がモッタイナイだとか、私の人生は無駄だったとか、母は、いつまでも嘆き続けたのだ。

注―だがその学生時代から一体何年経っていることか、ヤツノは既に四十九歳なのである。

……ああ、私は四十九歳だ。この年まで、母が外に出るなと言うので外に出なかった。医者以外の仕事は売春だと言ったくせに、なんでもいいから働けと言い始めたから、はい家事をしますと家事労働をせっせとしてやった。そうして世間の嫁が姑の愚痴を言うのを聞いて私は笑った。また誇らしくも思った。そんな程度の事を、しかも他人に意地悪でされたくらいで、なんで、そんなにひ弱く落ち込むのだ。私なんか産みの母にもっと気のきいた意地悪を何十年もされ続けて、しかも母にはひとかけらの悪意もなかったのだ。私が我慢してどこへも行かなかったからと親戚は褒めた。が、母は一刻も早く私に死んで欲しかっただけだ。母は私を見たくなかった。私が生まれた時からずっと見たくなかった。だから本当に、母が私を、見ないで済むようにしてあげたのだ。

母の目は腐ってしまった。手も足も全部。たった一晩で虫だらけになっているかもしれなかった。

さあ葬式葬式。私をここまで我慢させて母の気持ちばっかり思いやってきたお前達が、ついに苛々させられる番が来たのだからね。

注―ここで叔父とヤツノの電話に戻るのだが、要するにヤツノはその時点では、こういう事を全部このシミヒコ叔父に訴えようとしていたのである。だがだからといって、別にシミヒコを信頼しているわけではなかったのだ。無論シミヒコは何の話に二時間掛かるのかなど、まったく想像も付かないで困るばかりだった。

「

――うーん、……二時間てか。

――うん叔父さん私はもういやな事が一杯ありすぎてな。

――はあ、……さあなあ。

――そしたら、一時間五十分でも……全部しゃべらんとハラワタがちぎれそうで。

――しかし、何年振りやな、その、わたし、とヤツノさんとは。

――そやで何年分かを、やっと言う時が来たんやから。

――それはま、お気持ちは……判りますけどなあ。

注――もちろん叔父には相手の気持ちなど想像出来ていない。ただ、三重県人が相手様のお気持ちが判らないなどという冷酷にして不人情、反社会的な状況に耐え切れるはずはないため、強いて相手の気持ちが判る演技をしてみせているのである。が、その一方、既に三重県人を止めてしまったヤツノはというと、もしフランス人だったらそんな曖昧な態度の相手に対しては、三時間にしてやるっ、とフランス語で怒鳴るに違いない、などと考えていた。

（注――叔父は当惑しつつも、穏やかにと努め）そやけどな、……うちは夜から、朝までは毎日寝とるで。今も寝とってな、ああ……ごめんなあ。

注――それは眠いだろう、と無論もともとから判っていたヤツノだった。そこでこのあたりが潮時と妙に三重県人的に引いてみせてその代わりにというか腹いせ的に――ついに、嘘の、告白をしたのだった。……いえ、いえそれはいいんです、に別に、ただまあ、実をいうと。

——ああっ、母が死んだのですっとてちてたっ。

注—無論、ヤツノの母は死んでいない。ただ葬式が必要になっただけだ(このあたりの事情はもう少し読み進めばすぐに判る)。なのに、シミヒコ叔父はヤツノの嘘をまんま信じてしまう。そこでシミヒコ、驚いて叫ぶ。

——いぇえっ。いぇーっ、えええええええーっ。

注——というようにして、……ヤツノは相手の驚きを楽しみ、自分の悪人性に酔い痴れてもみたのだった。が、結局三重県人の悪人性である。たかがしれている。

(ヤツノ)——そおお死んだのでーす。あはははは。

(シミヒコたちまち涙声になって)——……はあまあ。なんという急な。

——はーい、きゅーうに死んだのでーす、ずちゃちゃちゃずちゃちゃちゃ。

——え、死んだのが、ずちゃ、てなに、それは、歌ですかん。
　ああ、ああ、ああ。
　ああ、なんというああ、気の毒な事や。
——

注—三重県人は他人の理解不可能なとっさの反社会的行動、例えば、冷酷、背徳、極度の非礼、規則違反などに対して殆ど抵抗力がない。つまり、自分達自身があまりに温厚で小心なため、反社会的相手への想像力がなく、それ故、相手の横暴、無礼暴言等にとっさに反応する事が出来ないのである。結果、それらの理解不可能な行動に対しては相手の行いを限りなく善意に解釈して、幻想の性善説に逃避しようとする。この場合も、母の異変に際して平然と楽しく歌を歌っているヤツノの、理解不能な態度にショックを覚えて、それをたちまち自分に理解出来る解釈に読み換えてしまったのである。そしてそれを善意の形で表現するという使命を果たすために、相手の立場を思いやるパターンを選択したのである。
　というわけでシミヒコ(三重県出身、三重県育ち)は「ヤツノの気が動転して変な態度を取った」、イコール、「その位ヤツノは母親の死にショックを受けた」と勝手に解釈し納得してしまったのだ。

さて、そこで叔父は、急に覚醒し本格的に泣き始めていた。

注―人情厚い態度をふいに要求されてしまった場合、三重県(出身、育ち)人はどんな半睡状態からも必死で覚めようとする。

――そうか、そうか、……そうやったか、ああ、……ヤツノさん、ヤツノさん、気をしっかりと持ってくださいなあ、ごめんなあ、叔父さんすぐには動けん、けど、きっと行くで、ああ、またなんで、またなんで……お気の毒に、今までずっと元気やったやんか、あんたもそれで動転してしもうたんやなあ。近所の人おるかな、来て貰うとええなあ。ひとりできりきりしたら危ないからなあ、ほんまにあんたひとりで大丈夫か、いやいや、それより家や。家内に言いますで。ちょっと、待ってえな。

たちまち、ヤツノは叫んだ。

——まてませんよばかやろう死ねっ、死ねばーかこーのくーそたーけーがーぃ。きゃーはははは。」

## 日記より

私の口から、使い慣れない名古屋弁がツキモノでもついたようにスラスラと出て来た。電車に乗ると「世間様から疑われる」と母が言い続けたせいで、私は他県に行った事が一度もなかったのだ。名古屋弁はテレビで聞いて覚えただけなのだ。ああ、でも、せめて名古屋と言わず四日市へでも、桑名にでも買い物に行きたかった。

——(注—日記を書きながらのヤツノの独言)ああ、そうかでもこれからはいつだって行けるのだわ。でも今は、とても忙しいし……。

一方、叔父は島根県の10LDKの中を、走り回っている様子だった。

——ぉぉぃ、ぉかぁさん、ぉぉぃゃつのさん、が、……。

折角罵ってやっても電話口を離れていては少しも聞こえないではないかと、ヤツノは悔しくなった。が、しばらく悔しがっているると叔父は電話口に戻って来た。

——(シミヒコ、息を切らしながら)もしもし、へえへえへえ、もしもし、へえ、叔父さんとこお通夜だけはへえへえへえ悪いけど息子は行けんでなへえへえへえ、それと家内は血圧がひどいんでな、私だけやお通夜はな、そしてな火葬はなへえへえへえ、お葬式はな、それよりはな、ああ、お医者さんは、な。

叔父の質問に答えるのが面倒になった途端ヤツノの口からまた、やはりツキモノのように都合いい言葉が飛び出て来た。

——あー別に来《こ》んでもええ。来《こ》んでもええ。来《き》たら殺したんでな。それであついでにーい私も死にましたでー、これで切りますにい、さいならっ。さいならっ。

——もしもし、もしもし、もしもし。

世の中には葬式よりずっと大切な事があると、ヤツノは思った。

電話を切ったヤツノは二階に上がって、昨日から開いたままの日記帳に、朝起きてからの事を全部わざと金釘流にして、島根県のシーミーヒーコーおーじ、驚く、さいならっ、と言う、などと正確に記した。一階には母が寝ていて気が散るので昨日から倉庫代わりになっている二階に移った。ベッドから引き剝がした布団だけ持って上がっていった。そして一番遠い関係ない親戚に最初に電話してしまった事を、その記述の最中に気付いたので、今度は近い親戚に電話をする事に決めた。それは隣市に住むサズケ伯母であった。

## 日記より

電話をするためにわざわざ階段を下りる。家の電話には子機なんかない。エアコンも乾燥機もなんにもない。窓は破れたままだし塀は五十年前に塗ったままだ。ずっとずっと、私はこれらを、全部、改革したかった。が、何か新しい事をしようとすると、母は、まーあそーんなにしーたいのー、とにたにた笑いながら言った挙句に、ただ私の言葉を無視するため、昼間から布団を敷いて寝てしまったのだ。したいという言葉は、なぜか、私を傷付けた。子供の頃、本当に言葉を覚え始めた幼い頃から、私は何を言っても母から性的な意味に取られ、いつもいやらしい子供だと言われていたのだった。

母は新しく何かをする事が嫌いだった。新しい店も新しい人も新しい道具も考え方も嫌で、そのくせ古い物には完全に飽きていた。そもそも母は自分の体も心も若い頃のまま、一切変化がないと信じ込もうとしていた。そして新しい事や気に入らない娘を、ただ見ないようにしていたかったのだ。だからここには新しいものは何もなかった。だが断言しておく。私は実は母のそういうところは別に嫌いではなかったのだ。

ヤツノは、きちんと一段ずつ階段を下りて、玄関の黒いダイヤル式電話で、嘘の、訃報の電話をサズケ伯母にかけた。六時五分だった。だがそれは何の楽しみもない行為だった。

――もしもし。

――はいっ、はい私はダキナミのサズケでありますっ。

注―サズケ伯母は毎日四時に起きていてそればかりか、朝は、特に元気なのだ。家付娘だから姑への気兼ねもない。変な時間に電話をしても少しも困らないので、ヤツノとしては実につまらないのだった。

―もしもしサズケ伯母さん、母が死にました。

―え、なんでまた、それで病院はどこ。

―それが病院もどっこも、急に、いきなり。

―あれ、ぱたっと、かな。

―そうそう、ぱたっと、こーう、ぱたっとう、倒れるように、な。

―お母さんがかな。

―うん、殺したった。

―え、なんやて。

―死因は娘に殺されて、死んだ、と、そいで私はな、フランケンシュタイン博士の逆のようになってな、（注―これもまたあまりに唐突だが、そのうちに判る）新しいお母さん作るもんで忙しいんな、それやから、あんたはもう通夜に来《こ》んでもええわさ、来《き》たら殺したるわ。ほしたら、さあ、もう切るわな、ええっ、さいならーっ。さいならっ。」

注―それから三時間電話は鳴り続けた。警察が来ないところが三重県らしかった。

注―いや別に三重県の警察もレベルは高いのだ。ただ、親戚が皆物事を穏便に済ませようとして、或いは動転して、誰もこの犯罪を公にしなかったというだけの事だ。鳴り続ける電話に無論ヤツノは出ない。彼女の言葉の通りに、まさに、とても、忙しかったからだ。

用事は沢山あった。ヤツノはまず台所のまな板に物置から持って来た白いペンキで、くっきりと、このように書いた。

〈おかあさん―好きです―私と―結婚して下さい―おかあさんに贈る―愛の灰皿〉

そしてまな板を玄関に吊るした。

注―まな板は吊るせるようにもともと穴があいているリンゴ形のものだ。リンゴ形とは洒落ているが、無論これは他人からの貰いものである。これとまったく同じタイプのナス形のまな板を以前ヤツノは買って来た事があったが、それは当然母の手で廃棄された。

ヤツノはリンゴ形のまな板を乾いていないままに玄関に掛けた。ペンキの字は滴って溶剤の臭いがぷんぷんした。その下に彼女は、血痕の乾いたクリスタルの灰皿を置き、クリスマスに貰った赤と緑の蠟燭を立てた。

正式のお供えは葬儀社の人に任すしかない、と彼女は思った。

## 日記より

いまさらながら自分でも驚いてしまった。私は親と一緒にずっといながら、法事のしきたりをたいして知らなかったのだ。私が今までして来た事は子供のお手伝いに過ぎなかった。家事にしたところでメニューを決めて財布を渡すのは母、言われたものを買って来て下ごしらえと、後片付けをするのは私、味付けだけが母だ。しかも私が手を出した部分を、私がした事を、母は完全に忘れてしまうのだった。例えば身内の老人の看病に遣られた時も、全部済んでから、母は「あなたはなにもしなくて本当に良かったわね」と言ったものだ。私達が作ったシチューを客が褒めた時「ああ、タマネギを長いこと炒めると肩が凝って」と母は言った。その時には私が炒めた事など、まったく、忘れてしまっていた。そして人前で私がお茶ひとつでも出したりしようものなら「ああ、この子がおおきくなって、本当に役に立つようになって」と赤ちゃんにでも言うような口調で私をしつこく延々と褒めた。そんな時大抵その場にいた人はきまりの悪いような顔付きで、「ほんとに」と相槌を打ちながら失笑したものだ。

儀式にしたって、知らないというより母が一切手を出させなかったのだ。それで私は「自分で判断して何かする」という自分の能力をいつしか意識的に無視し、抑圧してしまうようになっていたのだった。

それにしてもまったく——朝から親戚に嘘のつき通しという一日であった。その嘘がまた、見事にすらりと通ってしまった。が、そもそもあの母がそんなにあっけなく死ぬはずないではないか。いや、もう元のような社会生活は営めないであろうが、ともかく世間で言う死んだ状態とは程遠いと思う。それなのになんであんな嘘を言ってしまったのか、自分でも判らない。葬式がしたいからか。悪人ぶりたいからか。この状態を彼らに隠したいからか。いや、確かに葬式は必要なのだと思う。死んでなくとも葬式の必要な母。母はもう違う世界の人なのだから。それにしても、……。

なんだか、部屋中が虫臭くてかなわない。この虫の臭いはなぜかおならの臭いである。電話の合い間に私は客間のレースのカーテンまで開けたし、仏間の樹氷の模様のガラス戸も開けた。台所のドアにさえバケツを挟んで開け放しにして、風を通したのに。そう言えばその時に自然と歌が出て来たので、その歌を、記しておく。

「おかあさんの、においは、むーし、の、におい、そのむーしのにおいは、おなーらの、におい。」

注―1　ヤツノは音痴で、自分でもその事を知っているため、普段は歌わない。ヤツノの母はいつもヤツノがカラオケをしない事を、心が歪んでいるせいだと言って苛めていた。

注—2　ここでヤツノの家の間取りを説明した方がいいであろう。この話はとてもノン・フィクションとは呼べないので(例えばここに登場する三重県人は架空の三重県人で現実の三重県人とは何の関係もない)、頭の中で情景を想像する事はなかなか困難である。それ故出来るだけ事実風のディテールを記しておく。実は家相というものを作者はよく知らない。が、ともかく、家は5DKの二階建で下の階には客間ふたつ。洋風と和風で日当たり風通しは最高である。一階には他に仏間と台所。仏間は母の寝室兼用である。二階の二間は完全に荷物置き場。家族は台所を居間にしていて、眠る時には二階に上がって荷物の間で寝る。二階への階段は家の真ん中にある。玄関が広く、廊下でふたつに分断された間取りなのだ。持ち主を不幸にする家相と呼べるだろうか。

つまりこのような家相の中、ヤツノの兄弟姉妹はまったく家に居着かず、こうして一緒に住んでいたヤツノと母の仲もひどく悪く、父は六十歳で多くの資産を残して急死しているのだ。その上ついに殺人まがいの事まで起こってしまったし。というか、あれはやはり、行為そのものは本当の殺人だったのだが……ただ、その結果がちょっと……。

つまり結果的に、殺人にはならなかったという事なのである。——そもそも殺人というのは普通何かの破壊とか何かからの解放という意味あいを持つ筋合いのものなのだ(と作者は思う)が、ヤツノの場合、それは破壊というよりは再構築、解放というよりは発展的解消、殺された母というよりはリゾームと化した、新たなる母の誕生、となってしまっていたし、……。

(注—その日の日記の続き) 洋風と和風のふたつの客間に、いつも絶やさない高価な花、そろそろ取り換えなければいけないそれを花瓶の水ごと、私は一気にゴミ箱に捨て、せいせいして笑った。

注—だがどうせその水で膨らんだ生ゴミの袋を、水が溢れぬように風呂場まで運んでそこで水抜きをしたり、或いは水が袋から滲み出てしまったのを雑巾で拭いたりしなくてはならないのは、ヤツノ自身なのだ。いい気になっている場合ではない。

## 日記より

夕方になってみると、私は少しは落ち着いていた。慣れた、というより状況を忘れそうになっていたのだった。何度も、客間から廊下を横切る時、私は仏間の唐紙に思わず手を掛けそうになり、その度、ここを開けてはいけないという事を思い出すのだった。そしてこの唐紙の向こうに母がいるのだといちいち、自分に言いきかせた。

仏間の中で、神話の女神のようになって母は眠っていた。昨日の午後、私は母を死ぬ程灰皿で殴ってしまったのだ。それなのに、頭から血を流したままで母は生きていた。いや、体自体は死んでいるのだが、直後などは平気で口をきいたり、寝返りをうったりして普通にしていた。掛布も敷布も真っ白な布団の、枕のところにだけ、血が固まっているのに。

夜になっても母は通常の死体のような変化はせず、ただ無表情になった。関節がぽきぽき音をたてて、皮膚は岩のように固まっていった。殺人後二時間で全体が8／9位に縮んでいた。だがそれ以後を私は見てもいない。唐紙越しに変な臭いが漂って来ても、それが死体の臭いと同じ臭いなのかどうかさえ私には判らなかった。両手を真上に上げて空を摑んだまま、開いた指のままで母は死んでいるはず。そのポーズの上を、掛け布団が覆ってしまっている、はず。

というのも、……血を流しながら、起き上がってさんざ喋ってから、自分で新品の掛布や敷布をゆっくりと整え、母はその後にまたわざと倒れ、そのまま固まったからだ。固まったままで縮みながらも、まだ、口だけは動かしていたから。「これ以上見てはいけない」とも言われたから、私はそのポーズに布団を掛けて部屋を出たのだ。そしてその掛け布団の盛り上がりの輪郭は少しずつ変化していっているはずであった。——そう、普通死んだ人が勝手に動くはずはない。だが、母が動くというのはまさに納得出来る。もともと本質的に横紙破りな人だったからだ。「しばらく静かにして」、と唐紙をしめた私に母は言った。

が、深夜になってから唐紙越しに、私は結局、うっかりと母に呼び掛けてしまったのだ。すると——母は答えてきた。それは、天才的なすごい返事だった。

――おかあさーん。

――へっへーい。

――おかあさーん。

――ぶりぶりぶり。

こうして私は、思いもかけぬ、しかし聞けばなるほどと思う、その受け答えに狂喜したのだった。

そもそも、こんなひねくれた返事を、殺される前の母は絶対にしなかった。しかも返事は唐紙越しの会話にふさわしいものではなく、なんだか電柱に上った工事中の人が合図をするようで、つまりとても事務的でいい感じだった。私は、……さらに呼んだ。

――おかあさーん。

――おういおういっ。

そこからまた、思い切って踏み込んだ。

——ああ、おかあさんっ、今度はニャゴニャゴで返事してえ。

しかし一体これはどういう変化なのか——つまりその時の私には、母に素直に何か要求出来る状況が訪れていたのだった。そこでの母の返事はまた素晴らしかった。

——うるさいっ、そんな返事はな、しやせんのじゃ、今度はな、黙るぞ……。

母はずっと黙っていた。息を殺して黙っていたのだった。本来死んでいるはずの人の息だからどんな息なのだか判ったものではないが、ともかく母が、唐紙の向こうで、喜んでいる事だけ判ったのだ。

ああ、私は、私は、……こんなに和やかに会話出来るのになんで母を殺そうとしたのだろう。

物心ついた頃から、私はずっと母の制圧に苦しんできた。結果、思春期の頃、母が縮んだ幻を見るようになった。その幻の母は、ゴブリンのように走り回り性別も男になっていたり、子供に戻っていたり、ともかく世間で言う母のイメージとは随分違っていた。ところがその母とあまりにもよく似た母が今現に現れていた。母は別に優しく私を受け入れるのではなく、むしろまさに邪悪な存在に変わっていた。が、私はその事が嬉しく、なぜか幸福に対話していた。殺したから和やかに会話出来るのだった。

だったらやっぱり殺して良かったのだと、急に納得した。すると、母はこちらの気配を察して自問自答し始めた。

——殺したのやないぞ、いや、殺された事は殺されたのや。

これも嬉しかった。昔の母は私が目を合わせようとすると顔を背け、呼び掛けるとすっと立ってしまい、立ち去り際に汚い、と言ったりもした。なのにその母が、今は私の気配までも逃さないのだった。

母もやはり新しい自分に慣れようとしているのだろうか、例えば、母はしきりにこう言っていた。

——わたいはな、わたいはな、殺されたのではないな。そうや、私は、再編成をしとるのやな。世間が母やという偽の母をやっつける、正義の味方みたようなおかあさんになるためにな。

——あっ、おかあさん、トリックスタアになるの。

頭に浮かんだ事を私はすぐに言えた。それに対して母もすぐに答えた。

──ちがうわ。あのな、おかあさんな、まず、お母さんらしいおかあさんを、センメツすんのや。それからあるべきお母さん白書をソウカツするのや、それでな、もともとからあったお母さんを全部カイタイするのや。

私は廊下にぺたりと座り込んでいた。うっとりして聞いていた。

「──そしてな、お母さん、発達するんやな、お母さん、お母さんなものしか、側におかへん。」

涙とともに自然に声が出ていた。

──お母さん、なんか欲しいもんある。

すると母は、……

──そやな、わたい、人間が食いたいんや。持って来てくれ。

──ああ、ええよ、お母さん、生きたの、死んだの、男、女。

母が私に何か言い付けてくれるのがとても嬉しかった。以前の母は私が役に立つ事も、自分の意思を持つ事も許さなかったのに。その母が──。

あまりにも率直に命じてくれた。

――うん、生きたのがええ、お母さんごっこにはまってる馬鹿がええわ。

――そうか、……連れて来るわ。

――でもまだ私の姿見てはいかんよ。

――判った!

ああ! 思えば……私が母を灰皿で殴った時、頭から血を流して母がゆっくりと起き上がった時、その時こそが母の新たなる誕生、つまり再生の始まりだったのである。しかも、どうやらその再生が確立して、母が強固になる時まで絶対にその姿を見てはいけないらしいのだと、私は悟った。母はもう前の、娘を繋いでおいてずっと殺し続ける母ではなかったのだ。母は母として自立し、独立していた。つまり子供がなくても、おかあさんなのだ。

産んだ覚えのない者から気安くおかあさんと呼ばれたりする覚えもなく、またおかあさんだからああしろこうしろと言われる事もない。

あの殺人の前まで、母とはとても仲が悪かったのだが、この場になって、私は母の今までの心持ちを理解するようになってしまっていた。母も多分私と同じ気持ちだったのだ。私を殺すべきか、殺さざるべきか、そしてまた私を生きながら死んだものとして扱うのか、そうでないのか。おそらく、母は長年苦しんでいた。——母が父と結婚してから今までの間、この母はずっと、結婚している自分が嫌だったのだ。主婦の自分も奥様の自分も完全に嫌だった。だが、そんな憎しみやマイナスの気持ちを、私は正面突破してあげなかったし、解決してあげようとはしなかったのだった。つまり母はともかく私を産んでくれたのだし、私の面倒を見てくれた母ではないかとだけ思い続け我慢し続けてきた。ああ、だが、そう言えばそんな発想がいけないと以前会った宗教団体の人々は言っていたが……。

注—その時、ヤツノの家の玄関のベルが鳴った(ヤツノは玄関に行った)。

チェーンロックの間から外を覗くと、ヤツノからは絶対見えない位置に人が立っていて、異様に弱々しい声でヤツノに話しかけた。

——毎度ごめんくださいガス会社ですが。

——ああ、ガス会社がお金を払いに来てくれたんですね。

そんな受け答えはないと、ヤツノは、自分でも判るのだが、もう声も言葉も、自分のものではなくなっていた。結局新しいおかあさんの声とヤツノの声は、そっくりになってしまっていたのだった。

注―以前、縮小した母の幻に、ヤツノは腹話術のように台詞を入れたり、説明を付けたりしたものだが、その時の母に言わせていた声色をついに自分でも使うようになってしまったのだ。それはそのまま、ヤツノがまともな、特にいわゆるお母さんらしい会話が出来なくなってしまう事を意味していた。ところが、ふいに来たこの相手は、そんなヤツノの言葉になぜか、不審を感じないのだった。というのも、もともと殆どヤツノの話など聞く気がなく、ただマニュアル通り一方的に話し続けるタイプだったからだ。さて、ではその相手とは……。

——いいえ、ちがいます。実は私はガス会社の方から来た宗教のものです。

玄関には就職活動のような紺のスーツに白のブラウスを着て、女官のようなグレーの布の帽子を被った、ヤツノより少し年配の女性が佇んでいた。ヤツノはまず、母に感謝した。以前の母は出来ない事ばかりしろと言ったものだ。だが今の母はすぐに出来る事を言い付けてくれる。ヤツノは早速、相手に迎合する台詞を言った。

――えっ、宗教ですって、なんと、楽しい。

女は、無論、話にのってきた。

――ええはいはい。なんと、楽しい、えええええ、そういう宗教ですとも。しかも宗教と言っても今までのものとはまったく違っている、何もかも新しいものなんですのよ。

ヤツノは小踊りした。

――ますます素晴らしいっ。どうぞおあがり下さい。実は、母が寝ているので。

――まあ、本当にあがっていいのかしら。

尋ねておいて、来訪者は首を傾けなぜか一歩退いた。わざとらしく見えるポーズの芯に、不安が走っているのがちゃんと判った。だからこそヤツノは熱心にすすめた。

――どうぞもちろん。母はとても待っているのです。でも、おたく絶対に救ってくれるんでしょうね。

それは相手にとって最も都合のいい質問だった。

——まあ……もちろんですとも。あなたは本当に幸運ですよ。はじめまして。私は兼松芳美と申します。

——私はダキナミ博士です。どうかダキナミ女史と呼んで下さいね。

言ってしまうと、そうだ、自分は女史で博士なのだと急に判って、ヤツノの全身からは温かい愛の力が湧いて来たのだった。彼女は洋風の方の客間に客を招き入れるふりをして、さりげなく、唐紙の前の廊下で立ち話をした。

——私はね、本当に本当に博士でしてね。そこがいわゆる自称博士と違うんです。

すると兼松は体をゆらゆらさせて白目を光らせ、愛想を言った。

——まあ、自称ではない方の博士なんですか。そういう博士は特に宗教に向いているんですよ。

——あ、でも実は博士と言っても町の研究家でもありましてね。

ヤツノは気難しく限定をしたが、兼松はひるまない。

——でも町の研究家も宗教に向いているんですよ。ねえ、ダキナミ女史、あなた御専門は。

——それが……実は新種の開発なのです。

相手はわざとらしく両手をひろげた。

——まあっ、一体なにを発明しているんですか。

——新しい人工生命体です。新種を発見したので育成しています。これは、おたくの御宗旨に背きますかね。

——……いえ、特にそういう事はないと。

こいつが標準語で喋ろうとしている事は本当に都合がいいと、その時、なぜか、ヤツノは思ったのだ。博士としては標準語で答えるべきだとも。そしていつしかヤツノはイケニエに真実を標準語で、告白し始めていた。

——そうですか。そうですか。あぁ、良かった。この新種の生命体が開発されますとね、世界に革命が起こるんです。日本の家族制度の、根幹を揺るがす大発明になるかと。

——おほほほほほ。

兼松が少し引きつったため、ヤツノはわざと疑わしそうに、じろじろ見てやった。

――しかしあなた、……あなたどうも文法がおかしいですねえ。発明している、という言い方はありませんよ。

――……。

――恥ずかしいですか。

相手は別に赤面はしてなかった。ただ平気で賢そうに訂正してきた。

――……いいえ、ですから、発明されるだろうと。

――ふん、だがそれでも文章としての意味をなさないねえ。発明は完全になし遂げられるまで、つまりそれを認めない同世代の一般大衆が、全部死に絶えるまでは、決して、発明と呼ばれるっ、スジアイはないのだっ。

いつの間にかヤツノは兼松を押し倒して片手首をにぎっていた。そして兼松の地味な紺のスーツから金具のついたベルトを抜き取ろうとしていた。兼松は誤解したようであった。じたばたし始めた。

――あっ、わたくしどもでは不倫は禁止ですよ。同性愛と人工中絶も駄目です。フォークダンスで手をつないだ時に邪な考えを抱いてもいけません。ルテーナ形成蒲鉾は悪なのですっ。

――ふんっ！　ああうるさい。発明はね、発明家が死んでしまうまでは狂気と呼んでおくべきものなのよねっ。

ベルトを抜き取った相手の、服の背を摑んで、ヤツノは宗教家を唐紙の中に放り込んだ。無論、感動していた。人一人をこんなふうに出来る力は今までの彼女にはなかったのだった。これこそが母への愛、まさに、愛の力だと思ったのだ。

唐紙の向こうで、布教者は急にただの三重県人に戻ってしまっていた。ぎゃーっ、ぎゃーっ、ぎゃーっという、それでもまだどこかわざとらしい叫びだけを聞きつつ、ヤツノは兼松が残した、ベルトのバックルの裏側の切りっ放しの金属を指で確かめていた。母がけがをしてはいけないから取ったのであった。

注―三重県人が大声を上げるのは人間を止める時だ。

すでにヤツノの胸は使命感に溢れていた。母に育てて貰った恩を返すために、また人類の腐った家族制度を一新するために、ヤツノは女性で初めてのフランケンシュタイン博士となって自分のお母さんを製作するのだ。だがその母の変化を、ヤツノはまだ、殆ど、自分の目では確かめていなかった……。

母は？　宗教家を放り込むのに襖を開けた時、一瞬布団を被ったままのはずの姿を見たのだけが、その時のヤツノが得た唯一の手掛かりであった。そして、母は、どうなった？

まず、布団はなぜか引き裂いたようになっていて、その周囲を虫のようなものが蠢いていた。母と布団とのその繋がり方が、一瞬の事で彼女には判らなかった。母は布団の上に浮いているようでもあり、首だけがそこに載っているようでもあった。また母の顔はキューピー人形のようにつるつるして、目は猫か狸のようにきょときょとした感じに変わっていた。大きさは最初に見た時からまた縮んでいた。小さくなる事で過激になり、加速度を増す、それはいわば値打ちのある奇妙な「小ささ」であった。が、そんな中でも一瞬顔を合わすと母はまたヤツノに指示したのだ。

――まだ見てはいかん。まだ私は弱いで。

ヤツノは、すぐに襖を閉めた。そして、……。

母をセンメツし、カイタイししかも発展的解消をさせ、母なる母から新世界の母を創造する。ああ、母を発達させるためなら自分はなんでもすることであろう(とダキナミ・ヤツノは思って、感激した)。

## 日記より

結局、その夜の私は母とふたりきりの通夜を過ごす事になった。三重県ではこれは異例の事と言ってよかった。が、私達にとってはむしろ歓迎すべき事態だった。ただ、祖父母が亡くなった時にもお通夜に来た、老人会で一番元気な老人だけは、例のストライプのスーツを着てやって来てしまったのだ。当然彼は読経のために部屋に入ると言い張り、私を押しのけて入室して、そこでそのまま母のための食物になった。

老人を食べ終えた時点でも母は、まだ私に部屋に入ってはいけないと言った。母の姿を見られない私は、ただ母の体調をその声で推察しながら、時々襖越しに欲しいものを差し入れるか、言いつけられた用をする以外には、親孝行が出来なくなってしまっていた。しかし、母から母の発達する様子を細かく教えて貰えるようになっていたし、その発達自体が、母と私の共同作業であるようにも思っていたので、不安感も疎外感も持たなかった。親戚達はどういうわけか今までの三重県人的礼儀正しさや律義さをかなぐり捨て、「絶対に来るな」、という電話での私の要請に素直に従った。

注―ていうか、要請に素直に従ったというよりは、ヤツノの異変に恐れをなし、「ふたりきりのお通夜がしたいのか」、「やっぱり母親思いの娘」だからという善意の解釈の中に閉じ籠もったのである。そして通夜に出席しなかった事が決して非礼ではないのを示すために、通常の倍または三倍の値段の献花や果物を宅配便で送り、親戚同士で礼儀正しく電話しながら、或いは和紙の便箋や速達の葉書に、筆でしたためた手紙を交換しながら、その贈り物の形式や口上について、お互いに確認をし合って気を遣い合ったあげく、くたくたに疲れ果てて眠ったはずであった。で、翌日これも睡眠不足のヤツノのところに、立て続けに巨大な花と果物籠と缶詰セット、ピエール・カルダンタオルセット、ニナ・リッチシーツセット、イヴ・サンローランスリッパセット等ががんがん届く羽目になるのだがこの時点ではその事をヤツノはまだ知らない。

## 日記より

通夜の夜、しきたりに則って私は蠟燭を灯し、ずっと起きていた。さらに、(しきたりではないが）一時間毎に母に声をかけた。すると、……ふたり目を食べた事で母はまた発達したようであった。

——おかあさん、あの人全部食べた。ふたり目の方。

——ふふ、少しはのこっとるよ。あのけったいなストライプのスーツもな。

ヤツノはまた嬉しくなった。これからは毎日嬉しい事ばかり続いて行くのだ。

——あれは老人会で一番元気な人や、どう、おいしかった。

——や、不味かった。でもそれはあんたのせいではない。あんたはようやったよ。

不味かった、と言われた時ヤツノの胸を過ったのは、今までの母との日々の辛さだった。が、あんたのせいではない、という言葉を初めて聞いたのだ。そんな言い回しがある事すら今までのヤツノは知らなかった。昔はそれこそ、父が家に帰って来ないのも、家からお金が次第になくなって行くのも、そして母が父と離婚出来ない憂鬱さのために、一生を棒に振ってしまうのも、母に言わせれば全部、ヤツノのせいだったのだ。

新しい母について、ヤツノは、とりあえず何でも知りたかった。

——おかあさん、今度はどんなふうになった。

——うむ、大分また発達はしたが、まだまだやな、おかあさん、便秘が治ってな、うんこする度に体が分裂して行くわ。いや、うんこの代わりに、なんか変な生物が発生しとるのかもしれんけれど。

——どんな生物かなあ。

——うん、悪い小さいちょろちょろ動くものや。牙が凄いな。カエルかキューピーみたようなつるつるしたのがぎょうさんぎょうさん、湧いて来とる。

——おかあさん、それ蛆虫。

——や、そうではないと思う。手足も耳もあるで。蛇でもなし。

——そうやな、蛆に牙はないな。

——そいつらが布団から生えとるのやがどうも栄養が足りんらしい。布団から抜けて出たい様子やが力がなさそうや。涸れて死んでくのもおるし、失敗作みたいなのもおるようやし、布団の上で腰から上だけ振ってな、手振って足振ってチータカチータカ踊るが、結構しんどそうやわ。哀れななわ(注—哀れな様子だねえ、の意)。

——おかあさん、もっと人食べてみる。

——いや、ちょっと考えてみる。ヤツノ、ちゃんと実験ノートは付けとるやろな、お母さんの事全部記録しとるか。

——うん……。

そんな大切な会話のさ中にヤツノはふとつまらない事も訊いてしまった。

——そうそう、ねえ、おかあさん。お葬式ねえ。

——えーっ聞っこえんぞばっかやろう。

物凄い大声で母は怒鳴った。まったく油断のならない嬉しさであった。

——誰がそうそうじゃ、おまえはホームドラマか。わたいはホームドラマのウスラバカの母かえ。何の葬式じゃてあんな上品ぶったゴトヒキらと一緒にせんといてくれ。

——あ、ごめん、ごめん。

注—ゴトヒキとは、巨大なヒキガエルの意、三重県の一部でそう呼ばれる。

ヤツノの母は縮んでからの方が意気盛んだった。

——ええかっ。おぼえとけっ。わたいは取り敢えずチャーリーじゃ。お前は怪奇ダキナミ・ヤツノじゃ。そやけど実はなあその他にも今からはな、名前がどんどんいる。お母さんもう自分ひとりの体と違うからな。お母さんから分かれた、新種の変なわたいの分身みたような、糞みたような、親かも子供かも判らん変な連中に名前をどんどん、付けないかんのや。自分の名前もどんどん、変えていかないかん。変えるいうよりぴったりの名前を捜すんや。新種のお母さんらしいお母さんネームをな。例えばカニババのお母さんとかやな。そういう呼び方や。ひとりでは出来ん。それはヤツノ、お前を、頼りにしとるでな、どんどん命名して、呼んで、協力してな。

名前がいる、という言葉はとっさにはヤツノにも判らなかった。が、あまり考えずに〇〇のお母さんと呼べば良いのかなと思い、すぐ承知した。

――もちろんや。親子やんか。

――ええ返事やなあ。最初からうまい名は出んやろけど、がんばってな。

ヤツノが何をしても何を言っても、母は励ましてくれる……そのせいか最初のお母さんネームは割と楽に出てきた。

――ええと、ええと、まず地獄のお母さん。そいでウニのお母さん。ええと……戦後派の、お母さん。

――よし。まあ、よし。

――つ、ぎ、は、……おいっこのアホのくそチャーリーめ。この噛んだら歯にはさまるようなきしきしのお母さんめ。

母は満足気に喉をごろごろ鳴らした。

――ええとそして、そうや虫のお母さんめ。稲穂のお母さん、保健室のお母さんに、風紀委員の、お母さんや。

母はまた黙ったが、それは憎しみや違和感を堪えている故の沈黙ではなかった。

――……うん、偉いぞヤツノ、少し判ってきたようやな。でももっといるしもっとええ名がいいんや。一杯考えてくれんか。

――うん、考えるわな。

名前をひとつ呼ぶ度、ヤツノの母は襖の向こうで増殖して行くらしく、衝立や、欄間や畳がばりばり破れるのと一緒に、ばっぼっぼっぼっと放屁のような音と臭いがするのだった。そしてしばらくするとカモメの鳴き声を弱々しくしたような小さな声が聞こえ始め、それは次第に数を増して行った。ヤツノは祈りに近い敬虔な感情に襲われていた。そこでさらに、よく、よく考えて言ってみた。

――……別府のお母さん。嵐のお母さん、ええと……嫁入り前の、お母さん。母は強力なばかりではなく、冷静でもあった。

――ああ……これでいくつになったかな、出来は平均六十点位のもんやけどな。しかしなヤツノ、そんな普通過ぎる名前では新種は育たん。これらの遺伝子が損傷せんようにな、長持ちする名前を、もっと考えるのや。

生きていて良かった、とヤツノは思った。前の母は廊下掃除にでも、たまたまヤツノのところに来た見合い写真にも、いつも三十点以下しかくれなかった。しかも母の「まあ合格」は九十八点だった。

――うーん、そしたら、……筋《すじ》のお母さん、武器庫のお母さんに、ふんだりけのお母さん。

――よーしよしよしよし、ようがんばってくれとる。ただそれではまだ駄目。少し工夫せんと、しかしお前ならちゃんと出来る。安心して、行け。

駄目という言葉に少しも傷付かずヤツノははっきりと答えた。

――判った。お母さんのためやで一万でも名前を作ったるわ。

「それではまだ駄目だ」のニュアンスも前の母とは変わっていたのだった。以前ならば「永遠に到達出来ない」、「何をしても生涯認めてやらない」という意味だったのだ。母からもしヤツノが許されようとしたら、落ちるところまで落ちた後に「やっぱり女は駄目ね」と宣言して死なねばならなかった。

とはいうものの、母の注文は分刻みで、次第に難しくなって行った。

――鰐のお母さん……。

――あかん、それでは普通のおかんや、母ものになってしまう。

――うーん、ええと、カワウとトウモロコシのお母さんでは。

――それは……助平過ぎるな。

ヤツノは思い切って言った。

――ああ、のまくののれりのまくまれり、ほいほい、ののまくしかれりくくもまりっ、らたた、らたた、ぶぶぶぶぶぶぶ、のお母さん。

母は、くすっ、と笑った。

――ほおーう。お母さんそれで大分発達出来るわ。

襖越しにどーん、と大きな音がして、静電気が反応するようなぱちぱちした音が廊下にまで伝わって来た。

――でも葬式すんのに、シミヒコ叔父さんもみんな来るのに。

――したったらええやないか。全部お前の気に入ったやり方で、お前の好みに合う面白い葬式をする。ええ機会やないか。皆怒らして全部縁を切りまくってしまえ。

――はい。

――それとこれは一周忌まででええけども、お母さんの音頭をな。

――え、温度て。

――そうそう、わたいの、河内音頭よりも立派な音頭を作ってその中にわたいのええところを全部歌い込んでな、それを世間で広まるようにして伝えて行ってくれ。

――……あー、そうか、音頭やったんか。

――あとは点滴の道具を借りておいで。一般では手に入らんが看護師さんの自宅にならあるやろから。点滴の液と浣腸とオリーブ油も買うて来てな。それから液体肥料とじょうろが裏の物置にある。他に医者をひとり誘拐して、薮でもええ、三種混合ワクチンを持って来させるのや。人形に着せるような小さい着物も沢山縫うといてくれ。パンツも靴下も頭巾も全部何十枚もや。ちゃんとした正式の服やないとあかん。全部出来るだけ色も柄も変えて、デザインだけは似たようにして、襟やポケットだけちょっと形を変えてな、それぞれが着飾ってても揃いで踊れるようなもんにしておくんや。

——判った。それ踊りの衣装なん。サイズはどんなくらい。

——うん、そうか大きさがまだやな。まあそのうち判るで、そんなに急がん事やで、まず、名前をな。名前があっての命や。まだこいつらは弱い。弱すぎるわ。

——はい。ノートありますで用事も名前もそこへ書いときますわ。

ヤツノは二階に上がってわくわくしながらノートを開いた。さあお母さん、本当のこれがお通夜ですよ、これで私の好きなところばかりのお母さんになりましたから。嬉し泣きにそう言うとヤツノは一心に今まで起こった事を書き続けた。あの直後から、縮んだ母の体調や体温を記録しておけば良かったと後悔していた。また、宗教家が来た時には自分だけが博士で研究をしているように名乗ってしまった事を、本当は母がメイン、自分は助手での共同作業なのだからと反省した。やがて通夜の明け方、母はヤツノを、階下から呼んだ。

「——ヤツノー、ヤツノー、ヤツノー。

いらん虫を殺してくれ。

ええ虫をよってくれ。

ええ虫にええ名前を考えてくれ。

――はあい。お母さん。今行きますでな。――


……襖越しに弱々しい無数の歌声をヤツノは聞いた。いや、歌、と言っても多くはただ、「ソレ」とか「ヨイショ」等の掛け声だけで、ごくたまに声を揃えて「チータカタッタッチー」と歌うものがいるのみであった。

――さあ、もう襖開けてもええよ。点滴の道具持って入ってきてくれ。

ヤツノは中に入った。点滴の支柱とプラスチックのボトル等の道具を十組も用意してあった。そしてついに見た母の変化は、ヤツノを大して驚かせなかった。最初布団の上に浮いていたような母は、この段階では異様に分厚くなった布団の中央部に、半分めり込んでいて、布団は中央部以外は薄くなって本来の長方形の形ではなく、八方に足を伸ばした、うすべったいタコのヌイグルミのようなものに変わり果てていた。母なおかつ八方に伸びたその布団の足の上に、無数の疣のようなものが生じていた。

は気持ちよさそうにぱっぱっぱっぱっと音を立てながら、少し残った宗教家の肉を齧っていた。

——ヤツノみてみぃ点滴はそれではとても足らんぞ。それを、わたいの体やない、布団に刺せ。

——あっ、お母さん。気が付かへんだわ。

確かに点滴の数は足りなかった。

——さて、その疣は何に見える。

マットレスを敷かずに使っているシングルの布団の、溶けた餅のように四方八方に伸びてしまったタコの足は、綿も布も一体になっててかてかしたコッペパンのような色に変質してしまっていた。その布団の上に綿の中からでた棘のような、先の尖った形の定まらぬものや、筋肉マン消しゴムの上体だけのような、布団と同色の人形がぽつぽつ生じていた。いや、……無論人形ではなかったのだ。それは上体だけで腕組みをしたり、布団を引っ張って噛んだり、隣同士で腕相撲やあやとりをしたり、また最初母がしていたように手を振り上げ、元気なものは胴体を布団の中に捕らえられたまま、無理に足先だけを布団を蹴破って出し、足の裏だけをせっせと動かして踊りの形をして見せたりするのだった。それらの体長はせいぜい十センチまで。しかし昔見た母の幻のように、はっきり何センチと特定する事は、なぜか、出来ないのだった。母はせかせかと説明をした。

——まず、その棘みたいなもの、それが新種のお母さんの胚芽なんや。新種はな、そっから伸びて来る。今は栄養に限りがあるから、よう育つものだけを選ぶようにな。出来るだけ邪悪になってわるさするもんを、ちびで勝手でそこら中走り回るような、変なお母さんだけを育てるんや。

——お母さん、私この新種のお母さんらの背丈が判らんわ。見ようとするとふーっとどっかに溶けてしまうみたい。

——だから、弱いんや。今な、背丈測ったらいかんぞ、今背丈測ったらそいつらは死ぬ。

——この人らは点滴よりミルクの方がええのんと違う。判らんけど。

——いや、むしろハムスターフードとかヒマワリの種がええ。

あっ、……これはまずい、すぐにそれを取れ。それはな、お母さ

ん と 違う。ただの母虫や。

母の気付いたそれは、栄養が足りなくて布団から出られない多くの「母」と違って、例外的な何匹かであり、既に全身を外へ出して部屋の隅に蹲っていた。そのうちの一匹などヤツノの閉め残した襖の隙間から、部屋の外に出ようとしたのだった。見るとそれは生前の母のミニチュアと殆ど変わらない表情でにたにた笑いながら、ただヤツノに死んでくれと言っているのだった。

新しい母はたちまち命令した。

――取れっ。つぶせっ。そりゃ安易に脱皮してころころ増えるわ。床柱の中でも入ったらもう家中ぼろぼろにされてしまうぞっ。

ヤツノは慌てて母虫を一匹、鉛筆の先に引っ掛けてとった。捕まえられた母虫はきいきいと鳴いた。

――これっ、ヤツノ、私はあんたが心配で蛆になってまで生きているのにっ。

ふふん、と思いもかけずヤツノは笑っていた。馬鹿にしながらも生前の母に対する歪んだ愛情がこみ上げて来た。母虫は虫にしては機敏に、こちらの反応を読んでいるらしい。

──ヤツノー、ヤツノー、母はこうして地獄に落とされて虫にされてー、それでもあんたが楽出来るようにー、この苦しみに耐えてー。

──そうや人の愛情につけ込むやつは人間のクズや。子供は泥棒で恩知らずやな。生前の母に言われた言葉がそのまま口から出た。その声もまた生前の母とそっくりであった。愛はすぐさま殺意と爆笑に変わって、母虫の上に臭い息と共に吐き出された。

──あーははははは。なんじゃっ。お前なんかユングの箱庭療法の人形の代わりに使うてしまうぞ、ふうふうふう。

威すと母虫はヤツノの手に嚙み付き、変化した母の耳の中にもぐり込もうとした。すると、なんと、布団の上から母は耳だけをぱっと振って、その母虫を振り落とし大声で怒鳴った。

──こらっ、逃がすなばかものっ。

指示された通りに、ヤツノは慌てて母虫を手で摑んで取った。掌に激痛が走ったがそのまま握っていた。すると気が付いた母がまたヤツノを叱った。

——なにしとるんやっ、叩き潰せ叩き潰せ。それはいらん。それはただの虫じゃ。ぐしゃ、と手の中で握り潰した。母がせせら笑った。

——ふん、虫も殺せんお前は園芸には向いてないなあ。ともかく、それは摘んでしまえ。

——はい。

——そうして残ったええものに、名前と、小話をな。

——え、小話て。

新種の母に落語を聞かせて育てるのだろうか。ヤツノの母は、思いもかけない昔のことを言った。

——ほれ、お前以前にわたいを縮めて、ようやっとったやろ。風呂桶渡って冒険した小さいもんの話や。

注—「母の縮小」はヤツノが高校時代を回想し、三十代に書いた作品である。無論世間の反応はなし。身内さえ殆ど読まなかった。主人公がヤツノの人物像とずれているのと、結末でヤツノが家をうまく出て行けたのは、それが当時のヤツノの希望を反映した創作だからだ。ただ変な幻や劣等生ぶりはそのまま描かれている。当時、この文はもちろん、母からも無視され、ただ「いやらしい」と言われたのみであった。

——要するにそこにおる新種どもはな、ギリシャの神さんみたようにひとつに一人前のお話がいるのや。例えばギリシャの神さんの名前を全部並べてきれいに揃えてみい。それだけで世界を全部表しているやろ。名前と神話があったら、それで、世界が作れる。そしてな、小話の落ちはつけんでもええ、どうせお前の落ちなんかろくなもんやないで。

その日の内に、——母の歌、の最初の習作をともかくヤツノは作った。それを襖越しに大声で新しい母に歌って聞かせた。

〈おかあさん、小柄なれども、勇者なり、力なくとも、機知で身を立つ、史上無敵の、宇宙に旅立つ、世界に名高い、百獣の王、時空に輝く、母の声、こどもなくとも母は母、でも、わたしゃあんたの母じゃない、あちゃらんぽらん、ちゃらんぽらん、すちゃらか、つっちゃららっか〉

母は苦笑した。

――わたしゃあんたの、とかこどもなくとも、とか、ヤツノ、小理屈が多いな、その程度の事判らんやつがこのテンポに付いて来られるかい。そこの二行、取ってしまえ。

ヤツノは母を信頼して後半の二行を取ってしまうと、すぐさま、衣装のデザインを始めたのだった。

## 日記より

……瞬く間に数日が過ぎて行った。母の上体を絶えず濡れナプキンで拭き、髪をタライで洗い、母に新しい名前を読み聞かせる。母は毎日気難しくなって行く。布団の周りに突き刺した点滴の針に異常がないか確かめ、生えて来る母虫を花の剪定をするように吟味して間引きする。まともな言葉を喋るのが悪い虫で、変な言葉を喋るのが良い虫だという単純な基準だけで、その選別を出来るだけ早い時期に行わねばならなかった。母には点滴ではなく普通の食物が必要なので買い物に行く。ウナギ、牛脂、イモ、サツマ焼酎など、生前食べなかった類の食物ばかり母は欲しがる。

新種の母の名前への注文は、さらに、次第に難しくなって行った。この、母の要求水準と同行するように、私の「お母さん」に対する感覚も少しずつ鋭敏になって行った。「〇〇のお母さん」という呼び方自体がその母の性格を決定する事、また、その母の性格を表現するために小話が必要なのであるという事、そしてお母さんを使った「邪悪な」センテンスを考える作業は、私自身に必要なのだという事等次第に判って来た。それは「お母さん関係」の言葉を考え続けている内に自然に発生した納得であった。

例えば毎日、一日に五千回、私は肉声で、あらゆる感情を籠めて「お母さん」と呼び続けてみたのだった。おかあさん、おかあさん、おかあさんと呼び続けている内に、おかあさんという言葉の継ぎ目が外れて来るのだった。そうして、母の初七日あたりで私はいきなりこう叫んだのだ。

――かいけつおかあさんおとこあかつきのしとうっ。

(注―かつて母を、謎のおかあさん男、と呼んだ若いテンションがヤツノには蘇っていた）後はただ洪水のようなお母さんセンテンスに身を任せた。なのでそれを、ただ単にここに記しておく。

怪傑おかあさん男暁の死闘
猟奇おかあさん人間地下道に出現
リキシャマン・チャーリーのおかあさん人生
おかあさん巡航す
おかあさんの物質化と総懺悔の事
ある日の長山と骨董になったおかあさん
おかあさんの任侠
おかあさんの政治
はきはきしたこせがれとしてのおかあさん
私はこの男も気にいらないのだった、と他人事のように言い捨てながら、シガレットホルダーには、毛抜きで抜いた自分のアゴヒゲを残らず溜め込んでいる情熱のおかあさん
項羽と劉邦とおかあさん
おかあさんで治る腰痛の謎
下降するユーランダー・パウダー・ブルーと日本には未だに直輸入出来ないユーラ

ンダー・パウダー・ロイヤル・ブルーの、違いを知っているはずの遠いおかあさん
　解体するボンデージ幻想としての、インターネット間隠れおかあさん
　インカ帝国空洞化はおかあさんのせいだった
　さらに、ついに——私は全てのおかあさんを表しつつ、従来の正しい、不幸なおかあさんを絶滅させる方法を発見した。それはあらゆるおかあさんをひらがな一字で表すというものであった。例えば、「い」のお母さん、「ろ」のお母さん、「は」のお母さん、「に」のお母さんというような、つまり、母の記号扱いである。これこそが、至上のお母さん整理法、そして最も合理的な新・お母さんの系列化であった。
　さて、そのような企画を母に相談するため階下に下りようとし、私はここである事に気付いたのである。家の、十数段、二メートル以上の高さのある階段、そこを一気に飛び下りて、着地出来るような体になっていたのだった(でも会話の方は一気には進まなかった)。

——お母さん。
——ほいっ、げべげべげべ。

ろうか。

――実は、お母さんの名前の件なんや。ひとついろはのお母さんという案でどうや

――ほーん、それはまたなんじゃいな。

――ふん、つまりはな、「い」のお母さん、「ろ」のお母さん、「は」のお母さんと

して、名前と小話を作っていくのや。

――そうか。文字で仕切った世界という事やな。

――ただし各々の小話に、落ちはないんや。強いて言うとお母さん自体が落ちにな

ってるんや。どうやろうか。

母は少し黙ってからやや気難しい声でこう答えた。

――そりゃ……無理の多い仕事やぞ大丈夫か。で、「い」のお母さんはどんなんや

て。

――うんまずは「いちびしちにびし」の母。

――もうひとつやな。それで「い」の小話はどんなんや。

――うん、それでは、小話「い」、でございます……、ええ……昔々あるところに

名前を名乗るのが好きな殿さんがおりまして、そこへ名乗りの上手なお母さんが名前

の勝負に、出掛けて行きました。これが「いちびしちにびしの母」。

――あかん。そんな前説が長いとともかく飽きるわ。や、まあえええ、やってみい。

――うん、ええと……殿さんは「いちびしちにびし」よりかっこええ名前を考えようとしたが出来ませんで結局「ちゃちゃちゃちゃちゃ、ちゃちゃちゃちゃちゃ」と名乗る事にしまして、それで後ろにオペラ程の合唱団付けてダンサーを入れましてな、ええそれで行進と除幕式と法事をいたしますとその他には、マスゲームをして、えーと、えーと、その日を休日にして。

――あかん。まずしゃ、べりがあかんな。それとどうせ権力はあ、おりやとか言いたいんやろ。わしはその世界に入っていけん。

――……。

――そやな、「いろは」は重たいで「あいうえお」にしてみてくれ。

そこで、……なるほど「いろは」だと純然たる小話で終わるかもしれない。「あいうえお」の方が吹っ切れるだろう、とヤツノは納得した。

――判った。お母さん。そしたら、「あ」から始めたるわ。なんとかなるやろ。

――うん、それとそのお母さんがどんなお母さんかが判るようにな。名前がかっこええだけやったら育っても蛹まではいかへんから。

——え、蛹って……。

——つまりあれは新種やからや。脱皮して脱糞して羽化するタイプなのや。

## 日記より

というわけでともかく、私はなんとかあ行を書き上げると母に読みきかせた。

昔々あるところに五十音の母がおった。「あ」の母、「い」の母という具合やった。どいつもこいつも、悪いやつばかりやった。

……まず、「あ」のおかあさん、はあくまのおかあさんやった。あくま、て悪魔や。悪い事やる係のおかあさんやった。悪い事しかしやへんので何が悪いか何が悪うない事かを、よう判っとった。そしてまた心底悪い事がしたかった。ある日、……人殺ししようとして鎌を研いどった、そしたらその横に見た事のないおかあさんがふたり来て研ぎ上がった鎌をさっと取って、大きな鎌やもんでふたりがかりで担いでちょこちょこと逃げた。悪魔のおかあさんはびっくりして言うた。

——こらまて、そんな事をするとはお前はこのわたいよりも悪い奴やな。その鎌を返せ。

そしたら芝の丈より小さいおかあさんふたりはまた、てってけてーと逃げながらも応えてよこした。

——うるさい、誰が返すじゃい。お前は、「あいうえお」の「あ」やろ。たかがそんな「あ」の悪魔みたようなもんに、わしらは負けるか。

——なんやと。

あまりの言いぐさに「あ」の母は、度肝を抜かれた。すると小さいふたりのおかあさんは、ええ気になって、名乗ってきた。

——わたいらはな、驚くなよ、ひとりはな、「さ」のおかあさん、もうひとりは「し」のおかあさんじゃ。そいでな、殺戮の母と死に神の母や。

——え、……そうかそれはなかなか怖いな。

「あ」の母が一層びびったら向こうは図に乗ってこう言うて来た。

——それからな、「せ」の母がおってこれは戦争の母や。

――ひときわ怖いな。そうするとみんな姉妹やな。

――そうや、その上に「そ」は総括の母やぞ。殺戮、死に神、戦争、総括やぞ。

「あ」のお母さんはもう寒気がした。これがみんなわしの後輩かと舌を巻いた。

――あー怖いなあ、みな怖い姉妹でさしすせその仲間や。そやけどまだ「す」の母が何の母か聞いてないわ。

――悪かったな、これが凄いんや、つまり、「す」はすまんなあの母や。

妙にやさしい声で「さ」と「し」が教えた。そこで、一番先に生まれたせいもあって、なんとのう気のええ悪魔の母は、聞いた通りの事やと思い込んでせせら笑うた。

――ほっほーん、真ん中がえらいおとなしなあ、その真ん中だけ出来の悪い変わりもんか。

めど見た（なめてかかる、の意）「さ」と「し」が一緒に言い返した。

――あほ言え、のう。三女きついはこれ、世のならいじゃ。

そやとも、そやとも、実を言うとその「す」の母こそがな、雷も三女の上には落ちへんという、あの、きつい三女やった。

そこで待っとったかのように「す」の母が出て来た。ぼろぼろの着物着て弱くそうて、泣き顔で皺だらけで、泣き泣き、言うた。

――ああ、すまんなあ、すまんなあ、すまんなああ。おおん。おおん。

――な、なんやこいつは。

「あ」の母はびっくりして引いた。もとより展開を知っとる「さ」と「し」は素早く逃げた。そしたらすぐに「す」が走って来て「あ」の首に手を掛けて絞めながら言うた。

――あ、すまんすまん、かんにんかんにん、おおんおおん。本当のな、わたいらはな、さしすせそやからもっとええ立場やった。それがこんな事にすまんなあ、すまんなあ、おおんおおおん。本当は砂糖塩酢セウユソルビットの母やったんやのに。おおんおおん。こんなになるのやったらいっその事、裁縫しつけ、炊事に洗濯、掃除の母でいたら良かったのや。すまんなあ。すまんなあ。

「す」の母は結局すまんなあ、すまんなあ、と言いながらひとりで他の母全部を拷問にかけたり、どっかへ売り飛ばしたりして殺してしまったんや。それからまたひとしきり泣いて、

――ああ、おかあさんがふがいないばっかりにすまんなあ、すまんなあ、……。

泣き止んで泣き疲れてそれからかれこれ五百年まだ寝とるんや。そやでどうか、もう起こさんといたってや。起こすの気の毒やし、起きたら怖いで。

「ふっふん」、と母は言っただけであった。私は続けた。

「い」のおかあさんは、いや、のおかあさんやった。なんでも嫌がった。生きるのも死ぬのも嫌で子供産むのも産まんのも嫌やった。イカもイカスミも嫌や、と言うた。イノシシもいかんで、好きなのはプロテインとかプルメリアとかプレーンソーダやった。それでみんなも嫌気さしてしもうて、ある日とうとう見兼ねて言うてしもうた。――あんたもういっそプのおかあさんになったらどう。

「い」のおかあさんはこう答えた。

――いいや。わたいはただみんなが嫌がるのが面白いの。

「う」のおかあさんはちょっとは訳の判ったおかあさんで、これは嘘の嫌いなおかあさんやった。嘘の嫌いなおかあさんはお姑さんと暮らしとった。お姑さん、ていうのは棘だらけの鳥籠にいれられた太り過ぎの蛇やった。ちょっと動いても籠の棘が刺さる程に太っとったもんで、出来るだけ動かんようにして口数も少なかった。そのお姑さんがな、ある日なんかこう思い詰めたようにぽん、と言うた。

——もしもし、あんた、「う」のおかあさん、あんた少しはおかあさんらしゅうしたら。

「う」のおかあさんは訳の判った人やったから、正直に言うた。

——ほーん、おかあさんらしい事ですか、それはもちろん、みんながびっくりするようなとんでもない面白い事ですわな。

そこで「う」のおかあさんは美容院に行った。頭綺麗にしてすーと箪笥開けて着物出して、たとう紙さっと開けて、帯も出してな、献上の帯に紬の着物着てな。それ見た子供が——。

——あー、おかあさんきれいやなー。帯締めて。そやけどまだ口紅を付けてないなー。どこへ行くのわたいも、連れてってえな。

おかあさんやさしーい声でこない言うた。

——よしよし、そしたらあんたも行こ。おかんまだ口紅つけへんのはな、今これから物を食べるからや。

と言い終えるとそこで、……おかんの耳はいきなり口まで裂けた。たちまち子供一呑みにして腹ぽんぽんにしてから、あの、頑固寿司屋に出掛けた。いや、寿司屋の名前は本当は歯みがき寿司やけど、ただそこの親爺がえらい頑固やったので。親爺はまだ店開けたばっかりやしな、ちょうど寿司のねたに歯みがき粉振り掛けていばっとるところやった。

——へへ、寿司いうたら歯みがき粉に決まっとるわ。ふん。さあ今日もわけの判らん客が来たら怒鳴ったろか。

そこへおかあさんがすーっと入ってきた。親爺は、そりゃあもう気に入らんわ。

——なんや、女か、女で専業主婦やな。ああ汚らしい。

ところがおかあさん平気でカウンターに座ってはきはきと言うた。

——もし、もしあんた、今日はあんたとこのいばりくさった高い寿司食べるというんで、たった今家で腹を壊してきましたんや。それと他の客がトロを食べられんようにな、トロの味噌汁掛けメリケン粉抜きで八十個持って帰るで、とっととしてんか。全部うちの犬にやるでわさび抜きでな。

言うておかあさん物凄い大きいげっぷをした。なにしろ自分の子供食ったげっぷやでそれは大きい。親爺はぐうっと睨んだ。

――ほう、奥さん、そういう人情のない寿司は私はよう握りませんわ。女に食わす寿司てどこにあります。

おかあさんひるみもせんとまた元気ように訊いた。

――それやさ。あんたとこの寿司屋は女と子供が来ると困るそうやがな。なんでやろの。

そこでさ、親爺は得意になって答えた。

――へん、なんでや、やて、まずな、女は非常識やで寿司屋の高い酒を飲んでくれへん。そして子供連れてくるからうるそうて邪魔臭い。寿司屋はな、汚れを嫌うんや。そして女は脳が原始的で程度低いから何を何個食べたか全部覚えとる。思いやりがないから長居する時にウニイクラアワビを食べてくれへん。心の綺麗なマザコンで粋なマゾヒストの男社長さんらと違うて、わしの説教をちゃんと聞いてくれん。ええか、そういう心の汚いとこがお前らが差別される原因なんや。

おかあさん、それでもけろっとしとった。

――ま、それはええわ。のう、親爺さん。

――なんや。

――わしは昔から判らんのや。あんたとこの寿司は、あまえび一人前、いか一人前、しろみ一人前て書いてあるわ。

――ふん。

――一人前が二個ていうのはどういうわけなんや。

――これはね、注文の一人前という事ですな。

今度はおかあさんがふっと笑《わろ》うた。

――指先程の寿司で一人前の食事になんのか、おい。

――一回の注文で一人前ですね。

おかあさんその時もうビール五本空けとった。

――一回の注文が二個からやろ。二個から握るというならそう書いとけ。わしはな、普段屁理屈は言わんわ。しかしむかつくのー。

ただな、ま、これはおかあさんの言い過ぎやの。そりゃ一人前て書いとる寿司屋があったってええ、言うてることは因縁にきまっとるやないか。そこで親爺はすぐ包丁逆手に構えた。するとお母さん、ばんっ、と椅子蹴ってカウンターに飛び上がった。親爺の手首包丁ごとぐっと握ったわな。そのまま自分の腹にあててばーっと腹切って見せた。

——ええか、一人前の食事とは丁度この位や。

中から半分溶けた五、六歳の子供がぺろんと出た。

そうして気がついたら、親爺のおるとこは収容所やった。そこでは毎日毎日三食一人前に食べさしてくれた。一人前とはもちろん寿司二個のことや。お母さんはその横で死んだ子供と一緒に昼寝しとった。

「え」のおかあさんはえべっさんのおかあさんやった。えべっさんいうたらな、このあたりで恵比寿さまの事をそう呼ぶのや。えべっさんのおかあさんはにこにこしてござった。おかあさんの子供は百人もおった。それがまたいちいちいちいち、口の達者な子やった。みんな、高校生やった。口々に好き勝手を言うとったが、これがもう……。

——おかあさん、目障りよ。なんで昼寝するの。

――黙りなさい。おかあさん、あんた嫁でしょ。

――げー、おかあさんって、結局俗物よね。

――こんないい加減な料理食べられないわ捨てて。

――あたしの下着洗うの忘れてたわね、罰金。

――あたしさあ、おかあさんみたいになりたくない。

――おかあさん、老けて見苦しいんだからせめて少しは痩せたら。

――ああ、おかあさん、汚い。

――おかあさん、臭い。

――おかあさんったら、口紅なんか付けてその年で男でも漁るつもり。うぇえ、え、げ、つ、なー。

――おかあさん、なんであたしが帰って来る時に家にいないのよお。あんた、おかあさんのくせにさ。

　この調子で毎日毎日続いたのやがおかあさんはえべっさんやからにこにこしとった。にこにこしとって、何も聞いてなかった。そこで子供はだんだん図に乗ってきてどんどん口汚のうなった。

——へえ、あんた、それでも女かよ。商品価値なしだね。

——オレの邪魔になる時には死ねよ、母親だろ。

それでもお母さんずっと背中向けたまま、まだにこにこしとった。ところで実はえべっさんのお母さんは別名を偉いお母さんともいうてずっとフェルマーの定理の解き方を考えとったのやった。だけど百人の子供はその事も知らん、なんにも聞かんふりしとると思うて、ある日ついにお母さんが後ろ向いてんのをどついてしもうた。

——こっら、くっそばばあ、聞いとんか、このぼけー。

どっしーん、と前にのめる程お母さんはどつかれたのや。ところがその時にフェルマーの定理がふっと解けた。それと一緒にな、なんか知らんけど世の中の道理から、何から全部お母さんの頭に入って来たんや。お母さん初めて、自分の産んだ子供が今までずっと何言うとったんかが聞こえたんや。いや、それはかりやない。百人ともが自分の子やと思っていたのになあ、中に姑や前の亭主や前の姑がざくざくと交じっとった。そこまで、もう気が付いてしもたんやな。ついに大声で怒鳴ったった。

——ううっさいわ、このあんだらー、なんじゃかんじゃぬっかすようなもんはっ、ふっみ殺したんどおぉ。

子供は百人が百人とも、姑や亭主が化けた偽の子供も、義理の子も養子も、実の子もびっくりした。それは若いデリケートな感性を傷付けるショックすぎる言葉やった(注―なにをぬかす)。そこで、……。

――ひどおい。

――なんでいじめるのー。

子供は涙声でおかあさんを責めてな、おかあさん、おかあさん、とよばわってな、全部傷付いて死んでしもた。お母さんは呆れた。

――ああ、こんな弱い子供育てとうもないわ。

そう言うてお母さんは海の方へ行った。

実を言うとな、その時にフェルマーの定理の証明法も海へ持って行ってしもうたんや。そやであの定理の本当の本当の証明はな、実は今も誰も判らんのや。さあもう授業時間がないで次へ行こか。

「お」のおかあさんは男のおかあさんやった。おとこいっぴきおかあさんと正式には名乗っとった。男おかあさんはおとこぎで売っとった。男らしいもんやから奉られとった。やがて金も出来家も持ったものやから選挙に出とうなった。ところが選挙いうたら金かかるもんや、みんなが金くれ物くれ言うて寄ってきたら、家も財産もすっからかんに、なくなってしもた。それでも選挙は出ると決めたら出る。それが男おかあさんの道というもんや。すでに選挙の宣伝カーを雇う金もないが、そこはおとこぎじゃ。リヤカーを友だちに引っ張ってもろうてその上から演説した。

——みなさん、男一匹おかあさんであります。どうか皆さんでおかあさんを男にしてやって下さい。そうせんとおかあさんの男が立たぬぞっ。どうぞおかあさんに男の一票を。

おかあさんは殿方受けが悪うて選挙に落ちてしもた。

……ずっと黙っていた母が面白そうに言った。

——ヤツノー、お前ほんとに立ち上がりの悪いやつやなー。

——あかんやろか、お母さん。

——いわゆる主婦のルサンチマンがたまっとんな。わたいと暮らしててもお前は結局、未婚の主婦やったか。そや、……お前ワープロあったやろあれどうした。ヤツノはまたびっくりした。ワープロを無論新しいものの嫌いな母が買うはずはない。親戚のおさがりをヤツノが貰って来たのだ。だが公務員以外でワープロを使うのは売春婦だけだ、とある時急に母が威したので、それからずっと使ってなかったのだった。でも今なら、……。

——そしたらワープロで打ってみよか。

——おお、明日までにかきくけこを持って来るんやぞ。

とはいえ、明日は葬式もあったから。

「か」の字のお母さんは革命の母やった。文化革命から台所革命まで全部このお母さんの子供やった。ある日のことやった。革命の母は一日に千倍のインフレになる国へと子を産みに行った。そこの消費税は恐ろしい事に七十五パーセントやった。それを聞きつけたテレビのレポーターが、日本から取材にわざわざ来て言うた。

——あー革命のーお母さんがー、いまー、一生懸命でー、子供を産んでますねー、出産の痛みでー、涙を流していますねー、革命のお母さんはー、三百キロ離れたこの核保有国へー、原始共産主義仏滅派のー、一斉蜂起にあわせてー、革命のー赤ちゃんをー産みに来たんですねー、命をかけてー、子供を産むー、人間のお母さんには出来ないー、私たちの忘れているー、生き方ですねー。

「か」のお母さん慌てて言い返した。

——おい、わしゃ人間じゃい。共喰いもするぞ。

その時腹から半分子が出掛かっとった。原子炉センメツ革命の子供やった。センメツちゅうことはな、放棄と違うのやぞ、ぜんぶだだ漏りになるように壊したおすやつじゃ。その取り込み中じゃ。お母さんうんざりして足でレポーター蹴った。

——こっりゃあんまりごちゃごちゃ抜かすとのう放送のねえちゃんよ、わしゃしまいに河童の母になって人類の尻子玉を総取りしてしもたるぞお。

ところがレポーターは平気やった。

——おおー、みなさんー、いまー、革命のお母さんがー、何かー、呟いてますねー、可愛い呟きですねー、でもこんなに小さくてもお母さんなんですねー、革命のお母さーん、今、どんな気持ちですかー。

お母さん言うたった。

——お前を殺したいわ。

——うーん、そうだったのかああ。

レポーターはブラウン系の口紅塗った唇をうにゅーと歪めて、細目になって悩むふりだけした。それでもレポートするのが私の役目だわ、とレポーターは標準語で思うたのやった。

——あー、そうなんですねー、このー革命のお母さんに比べて、私達はなんと恵まれているのでしょー、革命のお母さんはー子供が産めなくなるとー、餌代がもったいないのでー、処分されてしまいますー。短い命を一心に子供だけを産んでー、純粋に生きてー、私達にー、自然とは何かー、教えてくれますー。それが本当のー、母としてー、妻としてー、女としてのー、エコロジストとしてのー、生き方なんですねー、わたくしー、五人の子供がおりますのでー、よく判りますー。

——うっせわい。

革命のお母さんはとうとう切れてしもた。それで革命の母止めて亀の母になった。

「き」のお母さんは金魚のお母さんやった。ふ、を食べながら結構冷めた感じで言うた。

――金魚がふ、か、ふふ、妥当なところかもしれん。だけどな……オレはある日アウヤンテプイへ取材に行く。そこで密猟者にライフルで撃たれて、五十前に死ぬのや。ああ、かっこええなぁ。

ふ、はサントリーウヰスキーの肴やった。

「く」のお母さんは「くんすに」のお母さんやった。世間の人らは「く」のお母さんを理解せんかった。

――はは、くんすに、てなんじゃい。なんのこっちゃ判らん。

お母さんは悔しそうに一生懸命言うた。

――くんすに、くんすに……。

「け」のお母さんは「ケインズ」のお母さんやった。昔は「ケレンスキー」のお母さんやったはずなのやが。

「こ」のお母さんはちょっと変わっとった。これは子供産むお母さんやった。死ぬまでに五千トンの子供を産まんならんという、なかなか、苦労なお母さんやった。毎月毎月何千も産むもんやから、子供はもう人数で数えられんと、総重量で数えるしかなくなっとった。その上日本では、子供産むとアパートを追い出されてしまう。産まんでもまた四十になると、殆どの女はアパートを放り出されるのやが、ともかく、お母さん毎月毎月追い出されて仕方なく放浪しとった。産んだ子は追われる度にゴミに出して捨てた。ある日、そんな事にもう嫌気がさしたのやな。

――そうや山奥の木の間で子供育てたらええのや。これからは山に入ってそこで暮らそ。

ええ考えやと山を探し歩いたら小高い丘があって、草の青々と生えたええ場所があった。

――そうや草の上で産んだら子供も痛うないわ。

それまではいつも流しの隅で産んどったんやなあ。

お母さん青い丘の、ええ木の生えとるとこへどんどん歩いてった。そやけど、そこはゴルフ場やったんや。入れるはずがないわ。

行ってみると山にしては開けとるしクラブハウスがあって受付がある。お母さん、ちょっと違うかなと思うたけど取り敢えず丁寧に見当つけて言うた。

――もしもし、ここは子供預かり所ですね。ごめんくださいませ。おかあさんです。

――は、なんでございますか。

――は、てあんたおかあさんですわ。お産の場所をちっと借りにまいりました。出てきたのがとりわけ気のきかんやつで。

――はあい御予約はございますかあ。

お母さんあきれた。

――予約てあんたお産は急なもんや。

――ですからどなたの御紹介でしょうか。今日はビジターの方はお断りですけど。

――ビジターて知らんけどカラスもバッタも好きに入ってるやないか。ここは山やろうが。人について入ったらええんかいな。おかあさんも誰かの頭の上に乗ろうかいな。

――無理でございます。

相手はいちいち型通りの口しかきかんように教えられとる。ところがお母さんの仕事は型を破る事じゃ。そやで言うたった。

——そんな事はないぞ、無理は工夫でなんとかするものやないか。道理やが受付は勤め人じゃ。工夫なんぞいくらしても残業手当は付かん、なんと相手はお母さんの首根っこ摑まえて外へ放り出して、靴で蹴って言うた。

——はあい、ありがとうございましたー。

そこでお母さん蹴られて裏山へ飛んで行った。裏山ていうてもコースの中、ボールがぼんぼん飛んで来てお母さんにぶつかる。そりゃ怒るわいな。

——みとれよ、ばかやろう。復讐したるからな。知らんやろ。復讐というたらな、仕返しでやっつけたる事なんやぞ。さて、……。

「こ」の字のおかあさんの仕返していうたら、それは、子供産む事や。それも普通の悠長な妊娠と違う。いっぺんにがんがん産むというものなのや。一秒でふたりずつ三時間ぶっ続け、産み続けたらそらもう復讐にはなる。それもおかあさんがただ子供を産むわけやない。おかあさんがおかあさんを産んでくのや。しかもその材料は空気やった。父親なんか要らん。一秒でふたりずつ生まれたおかあさんがまた早熟でな、生まれた途端に空気吸うて子供産むという勘定、あっという間やった、気が付いたら裏山の杉の葉全部に、ゴミクズみたようなおかあさんがぶらさがっとる。それを先導するゆうてな、オリジナルのおかあさんが赤い旗を持って、赤いメット付けてな、下に民青て書いてあるのになんでか上からまっかっかに塗ってしもてあるスピーカーかかげてな、アジっとんの。アジるてそやけど、結局言うてる事はほれっ、いてまえ、いてまえ、てな感じやった。

——なんじゃーっ。えっらそうにしたやつは皆食うてまうのやぞうっ。

いうたらもう裏山中は台風の時の竹藪みたいに、ざーって騒いだ。それから全部のおかあさんがな、一斉にゴルフ場に向かって行進した。それこそマツケムシが松のはっぱをいてまうようにな……芝を食い始めた。レミングより速い、トビバッタよりしつこい、おかあさんの群れやった。

もりもりもり、ざーっざっざっ、もりもりもり、ざーっざっざっ……。

全部で十幾つかの、ひとつひとつは丘みたようになった小さいゴルフコースが、たちまち一面、赤土の山や。クラブハウスの柱なんか百年掛かって、シロアリが齧ったみたようにがたがたになっとる。赤土の上はあたり一面、コールタールより難儀な臭いのするおかあさんのうんこがびっしりと落ちとる。何、おかあさんの糞やったら漢方薬で売れるてか。たいした薬になるて聞いたちゅうのか。そやかてあんた、もう量が違う。漢方言うたかて、効く薬の中には毒もあるで。ほれ、劇薬て言うやろその上にまた、農薬のどっさりかかった芝食うた糞じゃ。したばかりの蒸気の立っとるようなそんなもんが丘一面あったら、それはもう危険や。

ゴルフ場の人らは泣き泣きガスマスク付けて消防署に電話かけて、そんなのはおかあさん駆除の民間業者に頼めて言われて、またすぐに業者呼んだ。駆除薬ボンベに入れて、業者がトラックで走って来たんが夕方あたりやった。そしたらおかあさんは、芝の農薬のせいで、みんなころころと死んでしもた後や。残った糞だけが化学変化起こして、赤土の上で燃えとったて。

——ヤツノあんまり根を詰めたらあかんぞ。

襖越しに聞く母の声がやさしい。

——はあい、お母さん、私は大丈夫ですわ。

しかしそう言うと、母は怒った。

——何言うとんじゃぼけー。息切れしとるもんに根詰められたら聞くほうはかなわん。適当にせい。だいたいお前の話はくどいかめちゃくちゃかのどっちかやないか。明日はた行やぞ。大丈夫かい。

適当という事をヤツノはした事がなかった。が、取り敢えず、手を抜いてみる事にした。というより葬式の準備でエネルギーを込められなくなってしまったのだ。

## 日記より

母の葬式では葬儀社に電話して、今では珍しい座棺を取り寄せて貰った。わたしは自分の工夫で母にカブキのようなメイクをして、新種の母達もザルで掬って洗い、取り敢えず一緒に棺に入れた。花や祭壇は社の人に任せた。が、他の事は全部私が思うようにした。通夜から一週間以上経った葬式に恐る恐る親戚は来た。ひとりずつにお別れを、と私は言って、罵りわめく母の姿を棺を開いて見せた。すると、皆は急に元気そうや事と愛想を言って、その不自然さを一切気付かぬ振りして、三重県人らしく気を遣った。

法事の後の本来なら供養の意味のある食事を、私は精進ですからと言って猫の餌入れに入れたポテトチップを出した。飲み物は母の涙ですと言って濃い塩水にし、自分だけは鯛の活き造りを食べ冷用酒を飲んだ。そして私の言い付け通りに棺の前でかっぽれを踊らないからと言って、訳も判らず出席させられている子供の髪を束にして摑んで引き抜き、オカブンカブシ子の腹を殴って流産させてしまった。

親族の女達は皆あまりの事に固まって言った。

――気がな、動転しているのや。許してやり。許してやり。この子は母親思いが過ぎるからや。

葬式に来たはずの者たちはその日の八時までに、全員が泣き震えながら帰ってしまった。私がカラオケ大会をしようと誘ったのに走って逃げて行った。だがこうしているとなんであんなひどい事をしたのかよく判らない。ただ、その後はお母さん物語もよくはかどった。


まずは手抜きのた行を母に見せた。

「た」の母はたぬきの母やった。化けてタナトスの母になった。

「ち」の母は小さい母やった。原子核よりも小さかった。危険やった。

「つ」の母は『罪と罰』の母やった。「あんた、黙ってたら判らへんやないのー、そのまま逃げたったらええねん」とラスコリニコフに言うた。

「て」の母はてけれっつのぱあの母やった。古すぎて誰も知らんかった。

「と」の母はそのまま戸の母やった。時々ぱたんと倒れた。子供が駆け寄った。

——あっ、お母さん、お母さん、どうしたの。ひどい顔色やわ。

——あ……、なんでもないのよ、ありがと、もう大丈夫よ。

なーんか言うはずないやろ。

——うっさいっ戸ォが倒れるんは当たり前じゃっ。

言うてすぐに起き上がると子供の頭叩いた。

た行については、母は眠っていて何の感想も言ってくれなかった。手抜きしろと言ったもののさすがに呆れたのかもしれなかった。が、二階に上がろうとすると、一言だけ言った。

——休め、一日だけなんもせんと寝とれ。

その通りにした。が、体力は戻らない。

「な」のおかあさんは「なにもしてない」おかあさんやった。一日二十時間老人介護とボランティアと、庭掃除しとった。ところが「庭掃除はせいでええ、無駄やで」と亭主に言われたもんで、亭主包丁で刺してしもうた。なんでか執行猶予が付かなんだのやった。

「に」のおかあさんは妊娠恐怖症のおかあさんやった。毎年毎年数が増えていった。それで「に」党が結成されたのやが、けしからんことに党首は産婦人科の医者であって、しかも男やった。

「ぬ」のおかあさんはぬえのおかあさんやった。規制対象やった。

「ね」のおかあさんは葱のおかあさんやった、畑に生えとった。

「の」のおかあさんはそりゃもうのっぺらぼうのおかあさんに決まっとるやないか。発売禁止になった。

「は」のおかあさんは禿げたおかあさんで男に弾圧された。

「ひ」のおかあさんは品のあるおかあさんで、品はあるのやけど色気がなかった。その色気のないお母さんのとこへ、好きで歯を磨かん趣味でパンツ替えへん、電車で痴漢ばっかりしとる男が来てこのように言うた。

——お母さん。あんた母親としての色気がないなあ。

——まっ、そうざますか。でも母親は普通色気がない事でございますことよっ。

お母さん銀縁の眼鏡かけて、岡田茉莉子先生みたいなむにゅーとした唇で言うた。頭はスフィンクスヘアでバストは三メートルで、銀の翼があるお母さんやった。ところがこういう怖いおかんに言い返す男や。

——しっかし母のエロスというものは大切でしょーう。

——ああらどのようなのが母のエロスざあましょうか。

「ひ」のお母さんえらいおとなしかった。これがまた怖いのやが判る相手やない。

——うーん、ボクの母は女子高生で体重は三十五キロで首に鎖を付けて散歩させられるんだなああ。そして本当の母がどんなに冷たかったかを判ってくれて、自分の事をお姉さんはねって言って背伸びしてるんだよ。そういう温かい愛に包まれたのが母性のエロスなんだなあ。監禁しても怒らない少女の母なんだなああ。

——おほほそれでしたらその通りには無理でもなんとかなるざあます。

品のええお母さんは男に詰め襟の学生服着せて、首に鎖付けた。ユニットバスに監禁して時々散歩さした。男はおとなしいなって歯を磨くようになった。

「ふ」のおかあさんは理想主義者やった。若い頃はふを食べるおかあさんになりたかった。ところが「き」の母が金魚の母で既にふを食べまくっておって、自分は他の事をするしかなかった。そこでフェミニズムの母になろうかと思うたらこの国ではフェミニズムひとつでも偉い殿さんの出す免状がいった。仕方なしにフリルの母になるつもりでアーリーアメリカンのカーテン縫うとったら、すぐにラメ素材の服が流行ったりして無駄になってしもうた。ふんづまりの母になるつもりで役所に行ってみても、便秘の主婦いうたら三十万人おる。お母さんの心に、すうすうと難儀な風が吹くようになった。

「ふ」のお母さんは結局、死ぬ直前になって不毛の母になった。不毛の母になって六秒で死んだ。

「へ」のおかあさんは返事のええおかあさんやった。

返事がええもんやから早うに縁談が決まったのやが、嫁に行って三日で亭主に飽きてしもうた。それですぐ亭主殺すことにした。殺されるとみた亭主は逃げ回った。

——わーっ助けてくれ、助けてくれー、助けてくれー。
——はいただいま。はいただいま。はいただいまっ。
返事はようてもな、その通りにするわけではない「へ」の母やった。しばらくして亭主はガス中毒で死んだ。保険金はちゃんと下りたそうや。

「ほ」のおかあさんは、ほっんっきっかっしっらっーすっきっさっだいすきさっのおかあさんやった。なんでか知らんけどすぐに離婚して今は和歌山でブティックやっとるけど、まーあそやけどえっらい高いなー、あの店というたら。

## 日記より

母の神話がこれでいいのだろうかと不安になってきた。が、母がそのまま行けと言うのでそのまま進んだ。

「ま」の字のおかあさんは前向きなおかあさんやった。女はああせいこうせいと余計な事ばっか言われる時代に生まれとった。そやけど、前向きに元気に生きとった。するとそれ見たあほ男がこう抜かした。

——なーにが前向きじゃ、総理大臣になってもたかがお母さんやろ。何したって一生ただのお母さんやないか。

——そうか、見とれよ。

て言うておかあさんは怒っとんのぐーっと堪えて帰った。それで前向きのお母さん廃業して魔女のお母さんになった。魔女のお母さんになってマンダラゲの花やらウドンゲの花やらヤマドリの羽根やら、死んだもんの死んでから伸びた腕の毛やらな、そんなもんを持ってきて鍋で煮詰めて、呪いをかけたんやて。言うてもな、おかあさんは呪いてどうするのか知らんからな、ただな。

——ああほんな偉そに言うのやったらお母さんな男になってしまええ。

て訳の判らん事言いながら煮詰めたもんの周りをぴこぴこトンカチ持って踊りまくってな、それから上澄みを杓ですくうてな、その男の家の窓に撒いたったん。朝起きてな、その男が便所に行こうとしたん、そしたらな、男の体のあるところがな、自分の母親になっとったん。

——あっ、おかあさん。

ズボンから三年前に死んだ自分のおかんがな、ベージュのカーディガン着て白髪を髷にゆうて、かんかんに怒って生えとったん。

——なにがや、このアホがこの親不孝者がっ。

男はもうなんにも言い訳が出来んとなあ、そいで体からおかあさんを切り落としてな、首吊って死んだて。


「み」の字のおかあさんはミンネジンガーのおかあさんやった。そりゃミンネジンガーいうたらドイツ中世の吟遊詩人や。ま、都々逸で詩吟歌うような事して生活をしとった。それでもなにしろおかあさんの事や、普通のミンネジンガーなんかやってられん、ドイツの連邦の中を流れ、流れ、してな、なんやしらんけど東の方に行ってしもて、えらいここはあったかい国やんかと思うた時にはもう、気が付いたらサルタンのおるような国の宮廷で歌っとった。サルタンのところにはなんとミンネジンガーが一杯来とった。

サルタンいうのは、外国の殿さんみたようなもんや。けどな、その金有ることというたら、そりゃ、わしらには判らん程のもんや。ところが、折角そんな凄いところに行ったのにな、おかあさんいうたらおなかをこわしとった。それでうまいこと歌が出て来やへん。

しゃないな、こりゃ、ひとつ人の持ち歌でも歌うて誤魔化すしかないと、それでその事をサルタンに言うた。そしたらそれ、金持ちいうのは大体気難しいものや。

——人の歌歌うのならそれで結構じゃ、その代わりお前、お前とこの国で一番ええ恋の歌を歌うてみんかい。

と、このサルタン特にな、勝手こきで祇園も上七軒も飽きてもうたというしたい放題のやつや。さあおかあさん絶体絶命か、いやいや、そんな事ない。恋の歌いうたら日本一のがあった。しかも得意曲やった。声を張り上げてな、この調子のええ事を一気にまあ、

いきなくろべい！

みこしのまつに！

あだなすがたの！

あらいがみ！

聞いた途端にな、サルタンの周りの三千人の女がまあ泣いた泣いた。言葉は通じんでも調子で判るのや。中でもいっとう綺麗な入江たか子に似た女が血の涙をこぼしてな。

——殿様、このものに褒美をやって下さいませ。

とこうきたもんや。ところがさて、金持ちのことやから注文が多い。

——ふん、結構な調べやがな、わしはよう判らん、どうじゃ、翻訳してみよ。

それでおかあさん、いちいち訳した。

そこは寵妃の隠れ棲む黒い館！
壮麗な塀には神の宿る古樹！
沐浴の後の髪、凄艶な姿は！
生きて再びまみえぬはずの想い人の影！
ああ、遍照金剛あまねく、偉大な釈尊にさえも！

不可知な程の邂逅がこの世にあるとは！

おかあさん調子に乗ってまた続けた。

——いきていたとは！

おしゃかさまでも！

しらぬほとけの！

おとみさん！

——ふうーむ、そしたらお前は異教徒じゃな。

そこでサルタン初めてサルタンらしい言葉遣いになって、怖い顔した。その上困ったことに歌のせいで泣き過ぎてな、入江たか子に似た女が泣き死んでしもうたのや。こ、こりゃまずいっ、と思うたおかあさんやったが、そこは知恵者じゃ、さてさも二番を歌うような振りで手拍子をした。それでサルタンがつられて一緒に手拍子してしもうた隙にな、おかあさんはうまいこと逃げて帰って来た。そこまでのせるこの手拍子のうまさというものは、とても文では書けへん楽譜にも取れん絵にもならん。ええか、そやで芸人というものはな、一が手拍子で二がその場しのぎ、三が女あしらいや判ったやろ。

「む」のおかあさんは無駄なおかあさんやった。人の盲腸の先に住んでな、リンゴの芯抜きでドーナツの穴をえぐったろうと思うて、百年ればっかり頑張ってしとった。そしたらそこへベストセラーしか出さへん出版社の社長のエラグチが来た。

——ふん、リンゴの芯抜き持って、無駄な事やな、わしとこは百万部じゃ。お前とこはなんぼじゃ。母親なんか駄目やの。今すぐ換金出来んしな、世間は誰も知らんな。

そこで無駄なおかあさんがぱっと見ると、エラグチが一万円札をキルティングに縫うたコート着てふんぞり返っとる。おかあさん何か理屈にあわんなと思うたけれど、おとなしいから、黙っとった。そしたらエラグチは図に乗って来た。

——ふん何がおかあさんじゃ。この無駄飯食いめが、そのリンゴの芯抜きわしのとこのもんじゃ返さんかい。そのドーナツの穴はわしのとこで金を出しとんのやそれも返せ、その上そこはまたわしとこの社員の盲腸やぞ早う立ち退け。

無駄なおかあさんはびっくりして言うた。

——あれ、そうか物はなんでもすぐに返すもんじゃやな。じゃあ皆でそうしょうか。

無駄なおかあさんが言うた途端や。エラグチの姿がぱっと消えた。無駄なおかあさんエラグチのおかあさんやったんや。いや、体はエラグチの母が産んだものでもエラグチのへらず口は無駄なおかあさんが作ったのやった。おまけにへらず口をとったら、エラグチはなんにも残らんかったんやなあ。

無駄なおかあさんはそれでまだ今も、リンゴの芯抜きでドーナツの穴をえぐっとると。

「め」のおかあさんはメルヘンの母やった。メルヘンの母はいつでも買い物の帰りにスーパーの袋持って別の店の中に入ってった。

——ごめんください。わたしメルヘンの母です。

——ああ、はいはい、いらっしゃいませ。

言うて店の人ちょっと困った。たいがいにしてくれ、と思うとった。そりゃそうや。なんちゅうても店は買い物をして欲しいものやし、それにこのおかあさん嫌われものやったからや。またどんな嫌われものでも商売しとる限りはのう、店背負って走って逃げるわけにもいかん。かたつむりやないんで。その上そのあたりは「め」の母も実は承知やった。判っていて、やっていた。

——まーあ、あーんたげんきー、ほーらこーんなに買い物して来て見てみてみて。

——はあ、よろしいですねえ、あのうがんもどきはウチにもありますけど。

——なーに言ってんの、友達じゃないのう。あんた田舎もんねえ。田舎の人ってほんとに無神経だから。

——へえ……もう気の付きませんことで。

メルヘンの母はまた口が悪い母や。ところが店のもんは三重県人ばっかりでよう怒らん。それはな、三重県人は人前で怒ると、口から血吐いて体中が爛れて死んでしまうからや。それも知らんと「め」の母はええ気になって、噂話を始めた。

——あんたさあ、隣の娘さんだけどあんなに痩せてて子供出来んのかしらねええ、ひとりで住んでて妊娠したらどうすんのかしらねえ。妊娠したらその父親は誰かしらねえ、ひょっとしたら乱暴されたのかしらねえ、ひとり住まいなんかするから不幸になって気の毒ですわねえ、中絶したら水子の祟りだわねえ。そんな事で結婚出来るのかねえ。ふたり目まだかしらねえ。私様子見に行って来るからさあ。あんたも来てよねえ。表の非常ベル鳴らしてやったら出て来るわよねえ。

そもそもこのメルヘンの母は酒乱やった。酔うと裸足で道に座って首振っとる。人来ると絡む。

店のもんはとうとうたまりかねて言うた。

――あのなああんたさん、もう、人の事はええかげんにしたら。だいたいなんであんたがメルヘンの母なんや。ちっとも可愛いないし。なんの教訓もない。ピーター・ラビットのカップもムーミンのヌイグルミも持ってないやないか。

そうそう、こんな時にも教訓を欲しがるところがまあ、心の綺麗な三重県人らしかった。そこでメルヘンの母は笑いながら首を振って言うた。

――あーら、あーらー、まーったーくー、このひとたちむーちーよーねー。メルヘンってドイツ語は要するにあんた、おとなの女の噂話ってこ、と、だ、よーん。あ、判ってんの、あ、判ってんのー。

へんな見栄切りながらまた一層首振って店出てこうとした。店員は考えた、こいつ講談社の現代新書の、『メルヘンの深層』を読んどるのか、いやいや、どうせ耳学問やろと。そしたらメルヘンの母は店の入口でふっと振り返った。

――あんた、なんでついて来ないのよ、ひるんじゃってるわけ。ふん、そうかあんただって子供いないもんね。ああいう女といわば同類なんだあ。庇うわけよねえ。いなかから出て来たくらいだからきっともう強姦されちゃっちゃってちゃってるんだよねえ。

店員ちゅうもんは、後におとなしうついて来ると勝手に決めこんどるのやなあ。三重県人まっかっかの顔して口押さえた。目ぇからは、もう涙涙や。

——すいません。もうどうか帰ってください……私、今見苦しい様子をしてますんやわー。

口を腕まで使うて押さえてその場に蹲ってしもうた。ところがメルヘンの母、弱いもんに当たるのが性に合うてたんで。

——あらあ、あんた、泣いてんのねえ、へっへ、泣いてると心配だわ、お顔、だいじょおぶう。もともとかっこ悪いんだから心配しなくていいのよお。

それで店の人立たしてから大喜びで、無理に顔出さしたった。

——だあいじょうぶよお、だいじょぶう、ほーらだいじょうぶ、あーっはっはっは。

ところがその時には、……店員の顔はもう狼になってしもうとった。もちろんのこと、メルヘンの母は、がぶん、と食われてしもうたんや。狼の顔から元に戻った三重県人は、ちょっと恥ずかしそうにして表に出た。それから三重県人らしいに丁寧に言うた。

――はい、こうしてこのしつこい阿呆は、狼に食われてしまいました、とさ。

そやから覚えといてんか、今のな、メルヘンの母は二代目なんやて。

「も」の母は藻の母やった。備前焼きのでっかい瓶に金魚と一緒になって入っとってな、金魚臭い水の中でゆーらゆーらしてな、時々は金魚につつかれて、食べられとった。そしてな、結局は金魚に食われて消えてしもうたんや。つまらん、判りすぎの話やった。

「や」の母はヤンキーの母やった。

日本人の精神年齢は十二歳であるっ、て言うてから寅の刻にサルの顔で白頭鷲の羽生やして国ざかいに飛んで行って、そこでどぶに落ちた。みんなはそれ見て泣いてそこに塚作った。その塚いうたらなんたらいう名前しとってどこやらにあるわ。えらい、有名な話やった。

「ゆ」の母は湯の町エレジーの母であった。歌うた。

——ちゃんちゃちゃっちゃっ、ちゃらららっちゃ、ちゃんちゃちゃちゃらららっらん。ちゃらんらんらん、ちゃらんらんらん、と続けて歌うたが、……下手やった。皆が逃げた。

「よ」の母は頼子の母やった。台詞はもちろんあった。

——頼子、もうこんな阿呆なこと書かんといてえな、おかあさん変な人みたいに思われるやんか。おかあさん別に羽生えてないしな、おならで家吹き飛ばしたりしやへんしな。

そう言われても頼子は平気やった。

——もちろんやお母さん。あんな小説の中に出て来る変な母は絶対私の母と違う。なにしろうちのお母さんは世界一のお母さんや。おかあさんのおるところがこの世の中心や。お母さんより偉い母は私は見たことないで。あんた、最近お母さん界の小春と言われとるやないか。

小春、いうのは坂田三吉の奥さんの名前やった。けど結局頼子は口ばっか達者でな、

「よ」の母は世界で一番気の毒な母やった。

「ら」の母は乱暴な母やった。一日にコンクリートの家を三軒、足蹴にして壊した。試しにサッカーをさしてみたらボール蹴るどころか選手蹴って怪我さしてしまう。それでスパルタ教育のとこに雇われて行った。試しに生徒の腹蹴ったら背中まで突き破って骨も折ってしもた。「ら」の母は言うた。

——私は姉さん女房タイプとでも言うのでしょうか、情が深くて男を立てるのですが、すぐにカッとなるたちなのでいくら尽くしてもうまく行きません。

「り」の母は理屈抜きの母やった。理屈抜きに息子育てて理屈抜きに大きゅうして理屈抜きに嫁とって理屈抜きに孫産ました。そいで理屈抜きに孫も息子も戦争にやった。

——みなさん、私は理屈抜きに頑張って来ました。

て、その時に言うた。今は理屈だけと違うて魂も髪の毛もみんな抜けとる。

「る」の母は「る」の母のままで四、五十人おった。一生「る」のまんまで草野心平の詩集に捕まって、蛙の卵の役をやらされて終わったんや。ほれ、草野心平の詩にあるやろ「るるるるるるるるるる」っていうやつやが、知っとるか、ほうあんた判っとんな。

「れ」の母は連立政権の母やった。物語のないところがこれがみそやった。

「ろ」の母はロリータの母やった。ナボコフに言うた。

——へへん、あてに振られたからてなんちゅうあてつけがましい。

あーあ、あきまへんわいなあ、あーんな小娘。

「わ」の母は歴代五万人を数えた。「わ」の母が出て来たのはここ百年程の事やというのにやな、この数の多い事しかも殆どが男やった。

——わしこそが「わ」の母や。和食の母やて。

——いやわしこそが「わ」の母や。わいせつの母じゃ。

——何を言うかわしやんか。わしこそ笑いの母。

喧嘩するし派閥作るしえらい事で、女の母がたまにまじっとるとこれが女装しとるだけ。みんな困って「わ」の母を廃止にしようとした。そやけど、なくならへん。「わ」の母はそやでまだ決まっとらへんのや。

「を」の母はをんなの母やった。日本初の女性おかあさんになった人や。演説した。

——みなさん、私、女のおかあさんだからと別に、意地をはっておりません。これからは女らしさを生かしたおかあさんも出て来る時代なのです。

……その頃日本保守派美男連盟は怒って集会を開いとった。会費は豪勢にも七万円やった。テレビでスーツ着てコサージュ付けた、お母さんの姿見て口々に言うた。

——ふん、女ごときにお母さんが務まってたまるか。

最後、「ん」の母は踏ん張っておった。永遠にや。

——お母さん。

——すりすりすりすりすりっ、ぞべっ。うへへうへへ。

——本当にこんなもんでええんやろか。

母は、低く笑っていた。それはこれまでにも聞いた事のない恐ろしい笑い声であった。

——ヤツノ、随分おかしな事言うやないか。どんなもんでもな、出来たもんは出来たもんでどうしようもないんや。産む、というのは土台そういう事なんや。出来たもん消す事が出来るのは神さんだけやからなー。

ええか、子供なくとも母は母というのはそういう事やぞ。

私はそれでも迷っているしかなかった。

——でも、でも、……出来た小話と名前はそしたら、今から、これ、どうしようか。

母は爽やかな声になって命令してきた。

——うむ、襖開けいっ、フロッピーだけ持って入って来たらええよ。

襖の向こうからは剝き出しの太陽よりも強い激しい恐ろしい光が放たれていた。畳も柱も破壊され天井は抜け、さっきまでいた二階の天井も突き抜けていた。地面が裂け地下水も地層もなく、空間が下方に口を開けて、その中を一条、光の柱が凄まじい熱とともに通っていた。

——見よ、ヤツノ、たかがお前の作ったせこい狭い世界じゃ。そやけど世界というのはどんなにみみっちいもんでも侮れやんものやろ。

何もかもがぼろぼろになってどこかへ吹き飛んでいた。ただ母だけがラップトップのワープロになって、発光していた。その液晶画面の中にはかつて私が幻想の中で縮小し、性格まで変えてしまった母そのままの、「ちょろちょろした」「狡い」「小さい」「邪悪な」お母さんの、線書きの顔があった。ワープロのひらがなキーの上の一文字毎に一体、十センチどころか、せいぜい二、三センチ程の人形のような母が出現していたのだ。母達はどれもキューピーに似ていて、光る牙を剥き、揃いの振りで声もなく踊っていた。

——ヤツノ、フロッピーを入れよ。そして物語を読み出すんや。

言い付け通りにしておいて私は急いで家の外に出た。音頭の作曲と衣装の製作がまだだったのだ。

# 母の大回転音頭

ヤツノが衣装用の布地を抱えて戻って来た時、母はまさに家出しようとしていたのだった。つまり、家の近くまで来た時、何かを予感したヤツノが玄関に走り込んでドアを開けると、ワープロは母とヤツノの部屋からまるで小型のUFOのように中空を飛んで、廊下の突き当たりにあるトイレのドアを焼き切り、その中に入って行くところだった。既に、整列したキューピーのような小さい母達は、ワープロのキーボード上でチータカチータカ踊りながら、背中を向けたまま、一斉に叫んでいた。

——おいおいヤツノヤツノ、わしは西へ飛ぶぞ。何言うても遅いぞ。後は頼むからな。

事態をすぐさま悟ってヤツノはがっくりと膝をついた。ただ辛うじてこう言う事しか、出来なかった。

——西て、どこ、西は、どこにあるん。

すると発光する空飛ぶワープロの上に乗って、母達はからからと笑いながら、今度はトイレの屋根を突き破った。

——そうさな、西て言うたら、まあ、イタリアかそれとも京都あたりか。

ヤツノは思わずこう答えた。

——そうか、イタリア、と京都か、メモしとくわ。

母は背を向けたまま、うるさそうに手振りだけでヤツノを止めた。その時にはワープロはもう空の上であった。

——おいおい別にな、追いかけて来んでもええぞ、どうせすぐ戻るで。

半月が過ぎた。仕方なくヤツノは母を捜す旅に出たのだった。

……三年の間、ヤツノは世界旅行をし、国内の温泉も総て回り、東京のシティホテルにも全部泊まった。その宿泊中にヤツノは外国では総ての五つ星ホテルのドアを、また地方では総ての国際観光ホテルのドアと、ご用達旅館の結構な唐紙を、さらに東京では帝国ホテルやフェヤーモントホテルのスイートルームの部屋のドアを、順々にがんがん蹴り倒して母を呼んだ。他にも日本間に泊まる度床の間の掛け軸が時代劇のような秘密の間に通じている事を念じてちぎれるまで引っ張ったし、ある一流ホテルでは、花模様を象嵌したチェストの引き出しが二重底になっている事を、そしてそこに五十音に分裂した体長二、三センチの母のうちの数人が煙草の箱をベッドに、キャラメルの箱を重ねて作った紙のタンスを引き出しにして、ひっそりと暮らしている事を妄想して、引き出しの底を全部蹴破ったりした。だが泣いても叫んでも母は出て来ず、ついには食物全部に母の肉が混じっているような気がしたので食事も取れなくなり、がりがりに痩せた。あちこちで騒動を起こしながらの旅だったが、なぜか国内ではホテル側がヤツノを警察に突き出したりする事はまったくなく、ただ、ついに海外で強制退去させられてしまったので、結局、ヤツノは疲れ果てて、今ではもう自分のものとなった、母の思い出の残る家に帰って来た。

母を乗せたワープロが突き抜けて飛んだために、穴のあいてしまったトイレの屋根は、近所の人々の手によってトタンで応急修理が施されていた。そのトタンは既に錆びていたが、それでも三重県人の親切さとこまめさとは、旅から帰ったヤツノにはただ有り難かった。天井全体が破損した二階の屋根の方も、工事中のようなビニールで一応雨よけをしてくれてあったが、やはり、雨水は防げなかった。

親切だがプライバシーも守る三重県人は、外を修理してくれても室内に踏み込むような事はまずせぬため、事件もばれなかった。近所の人々は屋根がロケット弾で破損したのだと思い込んでおり、どういうわけかトイレの外壁には牛乳瓶に挿して花が飾られ、スナック菓子やヌイグルミが供えられていた。
ワープロと共に母が空中へ飛び去った部屋の床には、ヤツノが旅に出た時と同じように、水の枯れた底無し井戸のような、空洞があいたままであった。そこからは風も吹き起こらず水が染みるというわけでもなく、時々ごく微かな光とともに、弱々しい呟きのような音楽が聞こえて来るだけであった。
お…かあ……さん
……小柄……ども
勇………り
…宙に……っ。
ヤツノの旅と贅沢に疲れた結膜炎の目からは、どろどろと涙が流れ落ちた。母はもう地球上にはいないのだと思った。歌の文句の通りに、宇宙に旅立ったのかもしれなかった。母の言う通りヤツノはここで待っていれば良かったのだ。結局は部屋に開いたこの空洞だけが、母とヤツノの交信出来る通路だったのだ。——それからさらに二年、宇宙と交信し、ワープロ型ＵＦＯを見た、そんな自分の真実の姿をけなげに隠して、ヤツノは町内会に入り、庭を掃除し、旅行前に習った英会話の復習をし、運転免許も取って堅実に生きた。仕事はパートで和菓子の箱詰めをし、その合間に母の蓄えたものを使って、母のための舞台衣装、音頭の作曲を進めて行った。

そしてヤツノは、母に捧げる作文を書いた。

作文――「母の思い出」　ダキナミ・ヤツノ　五十三歳

母を尋ねて、私は旅に出た。母は懐かしく母より大切なものはなかった。母のいるところが私の居場所であり、母と暮らす世界が私の極楽であった。母がいれば私は、何も要らなかった。母によって生かされ、母によって死んだ。母を愛し母をデッサンし、母を蹴倒し、母にうんこをかけ、母を殺した。母を使って私はなんでもした。母を偶像にし、反面教師にし、ふんどしに使い、混ぜご飯の具にした。

ところが気が付いてみると母はいなかった。母を通じてしか私は世界を把握出来ないのに。母がいなければ何も判らないのに。それなのに母はどこかへ行ってしまったのだ。

そう、殺してしまったのは私なのだ。それなのに母にもう一度、一目会いたい。ああ、夢でもいい。母に会いたい。

母の声が聞きたい。母の踊りが見たい。母が敵を倒し母がピストルを撃ち、母が聖域を爆破し、母がことことと大根を刻んでいる。母が三千人を前に革命を叫んでいる。どんな母でも母はいいものなのだ。たとえ子供がなくても母は母なのだ。独裁虐殺変態者の母だって母には違いない。凶悪残忍冷酷の母も、頭脳明晰職人気質で天才肌の母も、モルヒネ一本たちまち元気で家事万能の母も、母だ母だ。おお、母よ母よ、良母なおもてお母さんと呼ばるる、ましてや悪母をや。いわんや決して悪母をアクボなどと読んではいけない。そう、悪母は「わるかあ」と読むしかないのだ。どこにいるかも判らない母に、私は毎夜呼びかけ誓いを立てる。

――お母さん、きっとな、私は立派な母になってみせるで、しかも子供のない母ていう新ジャンルに今は、挑戦しているんや。永遠に子供のままでな、お母さんを求めるんや。それでお母さんを子供にしたり新国家を産んだりして、お母さんとは何かを追求するんや。そうしてお母さんを超えるような、私は宇宙一の悪母になるわ。

いつしか私は涙を流しながら走っていた。母に会いたいのだ。会って三秒でまた殴り殺してしまうかもしれない母。そういう母だから会っておきたい。私は千回泣き二千回走って行き三千回殺す。ふふん、回数の矛盾変動がなんだというのだ。どうせもう母はどこを見てもいないのである。そのいない母を私は実に見たい。

こっらー、おっかーん、出てきてみいいい、もう一回やっつけたるどお。

——ああっ、おかあさーん、おかあさーん、おかあさーん。

作文を投げ捨て、母を呼んでヤツノは泣き続けた。五十三歳のヤツノのけなげで地味な姿……年よりずっと老け頭は総白髪になり、唇はひび割れ、顔は、泣きはらして皺までも歪んでいる。——紅絹の針刺しを載せて引き出しに刺繡糸のぎっしりと詰まった、母の残した針箱に片足を掛け、ヤツノはまた母に捧げる作文を読んだ。すると記憶の中で、ワープロに乗った小さい沢山の母は一層邪悪になって、それ故に可愛らしくなったのである。

毎夜のように母はにこにこと笑い、チータカチータカ短い手足を振って踊り、踊りながらヤツノに目くばせした。そんな、ヤツノの足元には、母に着せるための衣装がもう殆ど縫い上がっていた。それはニノ・セルッティのスポーツウェアに似た、はっきりした色の、まだはいはいしている赤ん坊に着せるような、足先のところが縫い合わせてあるデザインの小さい服。その上頭にはバッキンガム宮殿の衛兵のような帽子、銀色のバトン、……靴を用意しろと母は言ったが、ワープロの上なのだからこの方がいいのだと、ヤツノは「自分なりに判断した」。それは母の手を借りずにした最初の思考と、行動であった。——最初は母殺しを自主的行動だとヤツノは思い込んでいたが、結局は母を殺した事すら母の恩恵であった。母を憎むという現象も母の影響であった。

ヤツノの母はどこかで舞台に出る支度を終え、振付も終わり、後はただ衣装の届くのを待っているはずであった。それなのにその届け先が不明なのだ。ああそう言えばい、い、あの子は、漸く母らしくなった矢先だった。なのに一体どこに行ってしまったのか、涙ながらにヤツノは、昔若気の至りで言った台詞を本気で喋っていた。

——なるほど、あの子は私の血の繋がった子ではなかったかもしれん、でもそれでも、私はあの実の母を実の子同然に可愛がったんや、一旦殺して一から育てたったお母さんなのや。分裂して一人前の悪母になり、悪事を働くようになるまで育てたったのに。そしてやっと本当の実の子のような、子供らしいお母さんになった矢先やった、なのに、ああ、どこへ行ったのやろ、返しておくれ、泣きの涙で衣装を縫うても着せてやれへんのや……。
と、言い終えるや否やヤツノはさっと立ち上がり、三浦布美子の顔真似をしながら両手の指先に扇子を引っかけ、くるくると回して立ち姿のポーズを決めた。

だがそこで唐突に、いきなり、ヤツノの、母は帰って来た。

無論そのようにして、母が帰って来る事には何の原因も経過もなかったのだ。再会にさえ思い入れは必要がなかった。母は、帰る、と言ったら突然に帰って来る。そういうものなのだ。そしてそんな母がまさに「邪悪な」母であると、ヤツノは再確認したのだった。つまり、……。

「電報です！」——だけでちゃんと帰って来る母。

ワ、タ、イ、カ、エ、ル、ワ、ナ、カ、ク、ゴ、シ、テ、マ、テ——。

どろどろに腐った、抱えると全身のぬめるような巨大なバラの花束を添えて、鶴と松の漆塗り電報と共に届いたその文句が、まさしく母の言葉であるとヤツノには判った。その証拠に握り締めた花束からはオタマジャクシからなり立てのような小さい蛙が、何匹もぴょんぴょんと飛び出てきた。

　そんな電報を受け取ると直ちにヤツノは、無人駅の前につい最近出来た、ハンバーガーショップへお茶を飲みに行った。母の好物を持って帰るためであった。

　三重県Y日市市から名勝、湯の山温泉に向かう私鉄の無人駅周辺、そこには、ステーキハウスの予定地がチェーン店の看板だけ掲げられて、二十年もの間放置されていた。駅前通りとはただ車が通過するだけの無人地帯で、コンビニは夜には閉店していた。造成地のままの土地が広がっているところを、通勤時間帯だけ席の完全に埋まる電車が、一時間に一本走っていた。最寄りのその駅から、母の存命中、ヤツノはろくに電車に乗って出掛けたことすらなかったのだった。

　……小学校の高学年になったあたりで、世の中の子供は外出をするのだという事に漸く気付き始めたダキナミ・ヤツノが、それでは自分もと恐る恐る出掛けようと試みる度に、母は、「いやらしい」、「得意になっている」、「機嫌良く金を使いに行く」、「にたにた笑いながら男のいる大通りをほっつき歩こうとしている」と、いつも決めつけた。仮に目的を明らかにしたところで、例えば、コンサートならば「田舎の小娘が歌手にのぼせるのか」とからかわれ、映画ならば「夢の世界に浸って西郷輝彦を見るのねえ」と造り声の標準語で追及され、レストランに友達と行きたいと思っても「華やかなところでお御馳走ですか」と睨まれてその度に震え上がり罪悪感で顔を顰め、母親の視線を避けるために布団に潜って、一晩中泣いたりするしかなかったのだ。その結果と言ってもいいようなヤツノの母殺しだった。が、母がいなくなると皮肉な事に、外出は総て母を捜すためのものになってしまった。なので――ハンバーガーショップが出来た事も、駅から車で五分程のヤツノの家の、二階の窓からその看板を見て知っていただけだ。

結局、家に帰って来てからもヤツノはあまり外出しなかった。駅と反対方向にあるパート先から帰るとひたすら家にいて、十年前の缶詰やビタライスを食べながら、昔のスタイルブックやテレビのCMを参考に自分で考えた母の衣装を縫い、ごくたまに、地元の有名な演歌作曲者でもあり、カラオケ道場の師範でもある人物に、定期預金を解約して作曲を依頼しに行ったりしただけであった。

ヤツノが初めて入ったハンバーガーショップ、客の殆どが車で来ていた。が、店はドライブスルーではなくカフェテラス風だった。土地が安いせいで運動場のように広いカフェテラスなのだと、世界を旅して帰って来たヤツノには見て取る事が出来た。テーブルとテーブルの間は広く開いていた。結局少しも店は流行っていないらしく、潰れるのは時間の問題のように思えたのだった。

そのテーブルのひとつにヤツノは腰掛け、いつしか、カウンターで買ってきた店の全メニューを、ひとつひとつ少しも残さずに平らげようとしていた。

母の生きていた頃、ヤツノは家族で出掛けるたまの外食が苦痛だった。レストランに行き、どんな料理を選んでも、「そーんなものを食べるの、なんて嫌らしい」と母はヤツノを冷やかし、冷やかされたせいで食物が喉を通らなくなったヤツノを「いろいろと気難しい方なのでねえ」とさらに追い詰め、そこでヤツノが泣き出すと「まあ赤ちゃん可哀相に」とけたたましく笑ったのだ。家庭では食べ物を絶対残すなとヤツノを教育し毎日嫌いなものを食べさせて鍛えた母であった。——さて、ヤツノは周辺に目を配った。

程なく、少し離れたテーブルに、母への供物をヤツノは見出した。それはコーヒーの紙コップだけを前にして、店員やごく少ない客が通る度に首を大げさに回して、膝を突いたり足を組み替えたりしている、ヤツノと同年輩の女だった。女は生え際のぎざぎざした汚い額を出して、ろくに梳いてもいない茶髪をポニーテールにし、茶色と黄色と黒の毛糸のストールを羽織っており、真っ白なミニから筋肉の付いていない短足を出して、ヒールの高い小さいサンダルを履いているのだった。女の分厚い口はへの字に垂れていた。が、その割に頑固そうにも短気そうにも見えなかった。目は巨大な目張りと付け睫と上瞼への彩色で誇張されていたが、瞳は小さかった。その小さい瞳はぎらぎら光っていて、落ちつきがなかった。

しかも女はヤツノに、いきなり不自然に声を掛けてきた。べたべたした不満気な声で甘ったれた感情を居丈高に垂れ流した。というのも、……。

——足がさあ、だるくってさあ。

そう言いながらいきなりサンダルを脱いで、自分の足を初対面のヤツノの方に高く挙げて、おおげさにこすって見せたりしたわけなので。

——親戚がもうさあ、よりつかなくってさあ。

——あー、そうなんですかー、大変ですねー。

反射的に三重県人らしく余りにも親切で丁寧な調子となり、ヤツノはどこの誰とも知れぬ不自然で不作法な女にきちんとした相槌を打った。すると女はヤツノの一切知ったこっちゃない自分の不幸不満愚痴についての、得手勝手な嘆きをとろとろ喋り始めた。そこで、——何時間も、他の客など来ないハンバーガーショップで、店の蛍光灯が灯ってもまだ、ヤツノは女の愚痴に丁寧な相槌を打ち、相手の嘘八百な自慢を称賛し続け、反射的に、三重県人としてふるまい続けた。それと同時に三重県人らしくない冷酷な考えをもめぐらしていた……こいつの喋り方はこのあたりのアクセントじゃない、多分、前に温泉めぐりをした北陸あたりで聞いた。だったら、ヨソの者だ。ではすると、家は遠いのか、ここへはたまたまコーヒーを飲みに来たのだろうか。では、この「さあ」はそもそもどこのドブから拾ってきたんだろうか、ふん、大馬鹿野郎めが……旅行のはてに三重県に帰って来たヤツノの耳は、関西弁の語尾の「やで」に殆ど愛を感じるようになってしまっていた。三重県の言葉は、母と語るための言葉だった。

一方、女はいつまでもぐちぐち言っていた。

——親戚ってさあ、冷たいんだよねえ。

そこでついに、ここに来た目的を忘れて、ヤツノは、思わず問い返してしまった。いやそろそろ潮時だと思ったせいなのだろうか。だがどちらにしろ、口から出るのはやはり三重県人の精華のような問いであった。

——あなた、……親戚が冷たいってお気持ちは判りますけれども、でも例えば季節季節に葉書出すとか電話とかきちんとしてるんですか。私は収入の三十パーセントを交際費と贈答費に使っているんですよ。

——はあ。

女は理解出来ないらしく口を曲げて、軽蔑しているのか逃避しているのか判らない表情を浮かべ、すぐに出任せを言った。

——あ、それはね、あたしもさあ、まあ気は遣うんだけれどお返しお返しでねえ、面倒でしょ、それでまたいつか疎遠になって、でも、普段は普段、で、困る時は、困る時さねえ……。

そこまで言うと、三重県人的親切さの中をいい気になって漂っていた女ははっと我に返った。それからいかにも不自然な親切さで、だったらお前を攻撃してやるよ、というニュアンスを籠めて言った。意地悪のカンはいいらしいのである。

——あー、そうか、あんた、お母さんいないのね。

ヤツノの心臓が打ちはじめた。母が生きている時から、何度もそう言われた覚えがあった。母がいないように見えるために、ヤツノは母親気取りの人物の目に、支配し易く命令し易く、つけ込み易く、見えるのであった。無論、女は、つけ込んだのだ。

――あ、やっぱりね、お母さんいないんだあ。だったらあたしがあんたのお母さんになってあげる。

駅の駐車場に停めたヤツノの車、500SELのベンツを見せると、女は、いきなり標準語をしり上がりにしたようなアクセントになり、気取って名を名乗った。

――あたし、シンディ・ウエハラ、ジャズのヴォーカリストよ。三重県っていいところね、人情深くてさあ、人も景色も単純でさあ、あーっはっはっは。

なるほどジャズ歌手か。その上舞台女優でエッセイストで来年はパリ・コレに挑戦するとでも言いたいんだろう、などと思いながらヤツノはその女を助手席に乗せた。このあたりでは少なくとも最近十年間、ジャズコンサートはなかった。

……その十五分後、縛られたまま頭から血を流してわんわん泣いている自称シンディ・ウエハラのまだ生きている体をかつぎ上げて、ヤツノは彼女を家にあいた例の穴の中に放り込んだ。電報をどこから打ったかはともかくとして、母と通じている場所は、つまり供物を供えるところは結局そこしかなかったのだから。

すると、なんという不思議。投下直後のウエハラの悲鳴が、群れ蠢く牙の音の中に飲み込まれるのを、ヤツノは、確かにごく微かにそこから聞いたのだ。つまりその時が来ていて、ヤツノの心が母に届いたのだ。ていうか要するに母が近付いてここまで来て、食っているのだった。その証拠に穴の底からはいつもよりやや強い声が、今までの決まりきった歌ではなく、聞こえて来たのだった。――それは切れ切れとはいえ母の新たなるメッセージだった。

……おーい、ほら、聞こえたか、呼んでみい、ヤツノ

ヤツノー、ヤツノー、

お前が作った順番で……

ヨンデ、ミルノンジャ、そうしたら、

空洞に向かってヤツノは声を振り絞った。

――うっわーあ、おかあさーん、うわーっ、おかあさーん。かえってきてえー。

ふいに、ドアのチャイムが鳴った。液状に腐乱した鯛と大根のギフトセットが、凄まじい臭いを放って玄関に放り出された。荷物を取ろうとしてヤツノがついでに郵便受けを見ると、今年から廃止になったはずのスヌーピーの刺繍電報が届いていた。つ

まり、一年以上前に母が打った電報も届いたのだった。ヤツノは読んだ。

セ、カ、イ、ジ、ュ、ウ、ノ、ハ、ハ、ヲ、ヨ、ベ、ア、イ、ウ、エ、オ、ノ、ジ、ユ、ン、デ、

電報を引っ摑んで、ヤツノは荷物を蹴飛ばし、ドアの鍵を掛けると走って部屋に戻った。指令の意味するところはすぐに判った。「あ」で始まる総ての母をまず残らず呼ぶ。けしてしりとりではない。それは、あ、で始まる、宇宙の、言葉尽くしだった。

——あー……あー……あー……えーと、あーの付いた言葉は、まず蟻、や。あー、あー、あー、あー、そうか、そうすると次は、悪夢、かもしれん。

総ての「あ」が付く単語を「あ」の母の宇宙に統合する作業だった。故に、ヤツノは思い付いたものだけをずらずら言うわけにはいかなかった。例えばあらゆる「あ」の母が宇宙に出やすいように、そして最後まで全部きちんと出るように、順番をかんがえて呼ばなくてはならなかった。

なので頭を絞り、喉を振り絞ってヤツノは叫んでいった。

——あー……あー……あー……あ、く、じょーっ……。

結局、……一番に「蟻」の母が次に「悪夢」の母が、そして「悪女」の母が、現れて来た。再開した母たちは変容していた。——この彼女たちは長旅の間に雨水を吸ったり畑の土から養分を摂取したりして、また滝に打たれ山を駆け巡り、瞑想し友と語りあって、さらに、そこから宇宙にも出、土星や金星で特別な訓練を受け、幾つにも分裂しさらなる分化を遂げたものである。最初ヤツノが造り上げた「あ」の母の代表である「悪魔」の母、それがまさに「あ」の世界の支配者へと育っていた。「あ」の母は単なる「悪魔」から「悪女」を産み、「悪夢」を産み、しかも「悪徳」の枝を延ばし「悪名」の小芋を付け、時と共に増殖してきたのだった。それ故、そのように何百倍にも増えてしまった名を、ひとつひとつ全部呼ばなければ、母は完全な姿では集合してくれなかった。母は母を産み母は母から出でて、最後に母なる流れになってここへ、源流へと遡った。さらにまた新種の母の卵がこの家に満ち溢れる日が来るのかもしれなかったが、ともかく、「別れた母」は、「分かれた母」になって、ヤツノから呼ばれるのを待ち望んでいた。

そこで、考えられる限りの「あ」をヤツノは繰り出さねばならなかった。「蟻」の母が畳の目からぞろぞろと出た。「愛」の母が暴力とエロスと殺戮を引っ提げて登場した。「編み目」の母が伸びたり縮んだりしながら中空を舞った。その編み目のひとつひとつに「アメーバ」の母が絡み始め、その中から現れた「煽り」の母は、理路整然と、しかも声涙共にくだる名調子で、ヤツノを支持するよう群衆に語り掛けた。無論群衆とは「あ」の母の大群であった。それは「兄」の母「姉」の母「鯵」の母に、「アオシマ」の母「秋」の母「秋田」の母。「秋田犬」の母に「秋田由也(作者はそんな人は知らないのだ。つまり秋田由也は私の父でもなく兄でもなく弟でもなくまた三軒先のバナナ屋のおじさんでもなかったから。そもそも肉体関係もないし本も借りてない。ライスカレーの一杯も奢って貰ってない。だがそれでも秋田由也はきっとどこかにいて、市民税を払ったりコノワタの三杯酢を食べたり、自動販売機の表紙が肌色になっている写真雑誌を買ったり、キャット・ゲージの柵を幸福そうに磨いたりして、毎日を生きているに違いないのである)」の母、その上に「あきのたのかりほのいほのとまをあらみ」の母などが束になって、ヤツノの口から、ヤツノの荒れて潰れた、喉の切れた声帯の血液と共に転がり出た。

こうして、……「あ」の母がまず、部屋に満ちた。母は入浴剤の泡のように盛り上がり泥水の上の波紋のように拡がって、大風の日の炎のように伸び上がった。やがて母達は「蟻」の母に先導され畳の目を総て埋め、欄間から零れ落ち、唐紙を喰って繭を造り、羽化し、共喰いした。共喰いしながらそれはどんどん重なりあって存在感を増して行った。つまり、たった一体の「あ」の母が残って、部屋は一応、鎮まった。すると、次は「い」の母であった。

このようにしてヤツノは、総ての五十音の母を充実させなくてはならなかったのだ。かつて自らが作った秩序に支配されて、それに基づいた新世界を産み出すしかない。彼女は新世界の母になろうとしていたのだ。

――い――……い――……い――……い――……い、な、ご……。

――よし、賢いぞヤツノ、あえいおう、などと言わんと機械的にやっとるな、纏めるなよ、纏めたら却って取りこぼしが出るぞ。

「イナゴ」の母は現れるや否や部屋の天井にびっしりと縋りついて、その羽音でヤツノをこう励ましたのだった。すると「硫黄」の母の臭いが立ちのぼった。

そこで「イシス」の母が部屋の中を大河にし洪水を起こした。「稲」の母が「生贄」

の母を切り刻んで、その洪水が引いた後の泥の中に撒いた。たちまち「イモチ病」の母が襲って来た。が、すぐに「遺伝子」の母がイモチ病に強い品種を作ってしまった。しかしそこで休む間もなくイナゴの母が、トビバッタに変化して襲って来るのだった……ヤツノは血を吐き喉の陣痛に耐えて母を産み続けた。

——うー、はまず「蛆」、それと……うー、うー、……うー、……うー、うへー。

「うへー」の母が「うひょー」の母の腰にすがりついて生まれ出た時、ヤツノは吐血のために意識を失い、倒れてしまった。すると「恨み続ける」の母と「運命」の母が出現し「うへー」の母を捕まえて「海」の母に流した。

——ほれ、こいつのおかげでな、わたいの子供は喉を焼き殺されてヨミの国に連れてかれたんやっ。

子供、というのは無論ヤツノである。

そこでヤツノの体に、「蛆」の母と「氏素性」の母が飛び乗って蠢き始めた。

——ヤツノ生き返れ。がんばるんや。

その側でさらに励ましているのは「はるかな星から」来た「ウルトラ」の母と「はるばる来てみた」という「ウシクダラ」の母であった。が、どかんかいアホ、と出て来た「ウムギヒメ」の母が、母乳をヤツノの体に滴らせるとヤツノは生き返った。……「あ」が「蟻」、「い」が「イナゴ」、「う」が「蛆」の母で始まったのと同じようにして、「え」の母は「エビの幼生」の母、「お」の母は「オオムギ」の母、「か」は無論「蚊」の母、なぜかごちゃごちゃした小さいものからまず生まれて来た。それぞれの音の母は、必ず共喰いをし、結局また五十音の母が勢揃いした。そうして再生して来た母は元の母よりも、はるかに複雑でまた邪悪化されていた。分化された後の統合によって、一体毎の母の中には、矛盾の生むダイナミズムと、戦い合う様々の豊饒さが同居したのだった。

最初は単なる「悪魔」の母であった母の中に「愛」や「安心」や「ありがとう」が平然と存在しているのをヤツノは見た。しかもそれは全体としては「悪魔」だった。「嫌」の母の中ではくねる「祖谷《いや》蕎麦《そば》」の母を「いちびり」の母がからかっていた。

総ての母を分化統合再生させるのに――ヤツノは七晩を要した。そうして母が揃った時ヤツノは言った。

――お母さん、ちょっと体重計に乗ってくるわな、私もう大分痩せたと思うで。

だが目盛りはただ一・五キロ減っただけであった。そこでトイレに入ってみて、五百グラム減らし、風呂にも入ってみるとこれはなぜか却って百グラム増えた。あと百グラムで二キロなのにと思いながら部屋にヤツノが戻ると、縫っておいた衣装を身に着けて母が整列していた。衣装には母の案で割烹着を加えた。原色の赤ん坊のはいはい着の上に真っ白な割烹着を着け、ロンドンの衛兵の帽子を被って、母達は興奮し、がやがやと喋っていたが、やがて整列した。

――どうや、ヤツノ行列式みたいか。

――いや、女子大の卒業式みたいで綺麗やわ。

行列式が数学だという事を、ヤツノはもう完全に失念していた。最初に発達した母を見た時と同じように、しかしはるかにレベルアップしたワープロが部屋の中空に、底の抜けてしまった位置に浮かんでいた。まるでライブアンダーザスカイのV・S・O・Pのように、ワープロのキーボードの上へと何の前触れもなく、どんなポーズも付けず、ただあいうえお、の母達は一切周囲の事は構わないという姿勢で、たらたらと歩いて移動していた。そして何の前触れもなく、踊りは始まった。楽譜は渡してあった。

フリューゲンホルン、アルトサックス、トランペット等に多数のバイオリンを加え、ブラッドスウェットアンドティアーズを大がかりにしたような編成であった。子音の母がコーラスと伴奏を受け持っていた。そもそもは「母の名においてロックを辱める曲を」とヤツノは、依頼したのだった。「それではロック音頭にいたしましょう」とカラオケ道場の演歌の帝王は言ってくれた。無論ヤツノの依頼を理解して言ったのではなくて、ただ自分のしたい事をしようとしただけであった。曲は、ブラスロックだった。が、哀調と迫力を兼ね備えたそのメロディは、あまりにもアル・クーパーの影響を受けすぎていた。——帝王のカラオケ道場は生活のためで、実は彼はかつてGS（グループサウンズ）のメンバーだったのだ。

母音の母はダンサーとボーカルを兼ねて、歌い踊った。

おかあさん
小柄なれども
勇者なり
力なくとも
機知で身を立つ
史上無敵の

宇宙に旅立つ
世界に名高い
百獣の王
時空に輝け
母の声

踊りはただ腰に手をあてて走り回ったり、手を繋いで首をめちゃめちゃに振りながら足を放り上げたりする、曲とは何の関係もない速い動きだった。歌はメロディを無視したシャウトだったが、ホーンとバイオリンがメロディアスにそれを盛り上げた。ドラムソロの間、子音の母はサキソフォンやトランペットを振って踊り狂い、母音の母は舞台を蹴りまくりとんぼを切り、六方を踏んだ。

舞台の下でヤツノも一万体にいつしか分裂していた。ペンライトに使えるお母さん人形を振り回しながら応援した。そして——曲は何千回か繰り返された後、ぱたり、とやんだ。

母音のお母さんも子音のお母さんも、それこそ行列式のように整列していた。楽器も帽子も割烹着もとってしまい、各々が日本の旗を持った。母達はただ、お母さんの小ささだけを前面に出してしばらく静止していたが、やがて、音もなく踊り出した。いや、手振り足振りの中から音は聞こえてきた。チータカタッタチー、という虫の鳴くような哀れな音であった。母達の踊りは、手旗信号になっていた。同時にまたお母さんのひとりひとりが、文字の信号として機能していた。その信号は舞台上のスクリーンと化したワープロのディスプレイの中に文字化されて、残酷に表示された。ヤ、ツ、ノ、コ、レ、デ、ゼ、ン、ブ、ジ、ャ、モ、ウ、ワ、タ、イ、ツ、タ、エ、ル、コ、ト、ガ、ナ、イ、ゾ、

——そんな、お母さん、私、どうしたらええの。

後はもう死ぬしかないという虚脱感の中で、がんがん下がる血圧の速度を感じながら、ヤツノは絶え絶えに訊いた。すると、母は何の迷う事もなく、叱り付けた。

——弱音はくなっ、ばかっ。お前はドイツに行ってヤカンのデザイナーになりたいのやろ。今までした事を全部生かしてやなー、今度は水を入れただけで大爆発する、取手の千個あるヤカンでもつくってみい。見とれ、今お母さん回転したるから、そしたらお前の今までした事が全部見える。

——ええっ、お母さん、なんと、回転するというの。

ヤツノの血圧がたちまち蘇った。

五十音の母がいっせいに「くるうり」と回ろうというのだった。母で出来た世界の、総ての母が、速度を一定に、回転を揃えて、逆さになり、左右逆になり、また元に戻る……それは花笠音頭か万華鏡のような華麗さであった。

銀のバトンをくるくる回しながら、取り敢えず母は九十度回った。それが、母の全体を、母の素材感や触感や母の思想や、母の感性や母の革命性、母の底力の総てを保ったままで、母を完璧に表現する手段なのだと、たった四分の一回転でヤツノは悟った。

——ああっ、お母さん、まるで松山容子さんの琴姫七変化の、琴姫様のように綺麗やんか。

ヤツノは舞台の上の母に、思わず呼びかけた。

——お母さん、お母さん。衣装それで良かった。

母は満足気に答えた。

——うむ、わしの子やな。

——ごめんな、踊り考えさしてしもて、音頭は出来たけど振付がまだやった。

——いるかい、そんなもん。

……。

——あっ、お母さんまだ回転するの。大回転するの。

——そうとも、よう見とけヤツノ。

母が回転していた。大回転だった。万華鏡のように、母が回っていた。九十度回り、百八十度回り、二百七十度回り、元に戻ろうとしていた。そうして、ついに三百六十度回転した。

母が三百六十度回転した。回転して戻って来て何の変化もないのに、ただ母全体がこの世にある事を感ずるだけで、身の毛のよだつような感動と法悦と恐怖がヤツノを襲った。そして自分の死期が来た事をヤツノは悟った。するべき事を終え、した事の結果を、容赦なくわが身に浴びて、ヤツノは震えていた。ついに、ヤツノは言った。

——お母さん、私はもう、一生、母に生き母に死んだで、そやでもう孫が欲しいとか言わんといてえな。なあ、お母さん。

母は黙ってにっこりと笑い返した。ヤツノの目に母はクレオパトラか楊貴妃か、或いは、ヤツノがこれから極楽でデザインする、世界最高のヤカンのように見えた。

# アケボノノ帯

嫌《いや》な気配の、ただ中で耐えている。体は動かない。うっかり電気を消したまま寝てしまうとよくこんなふうになる。全身が痺《しび》れている。硬直して冷え切る。おまけに蒲《ふ》団《とん》の中の私自身の寝息が、口や鼻から、様々な聞き覚えのない笑い声に変わって出ているという、幻聴まである。閉じた目の中にいつしかもうひとつの視野が現れてきて、厚みのある極彩色の光が体の各部から滲《にじ》んで、その視野の中に転がり込む。さらにはタムタムのような音がタンタ、ン、タ、タン、というリズムらしい纏《まと》まりを持ち、かなりの速さで、繰り返されている。――ワープロを打ち続けて疲れ果てた昼間に寝入って、夜に入った部屋は真っ暗である。ルームライトなしでは恐ろしくて寝られないたちで、恐怖に疲れが加わっての難儀であった。しかもややこしい事に、本日はドッペルゲンガーまで出ているのだ。

カナシバリに遇《あ》っている私の肉体は、この蒲団に横たわっているはずだというのに、同じ部屋の窓の端に置いた机の前にも、もうひとりの私が座っている。目を閉じて、閉じた視界に溢《あふ》れる賑《にぎ》やかな光に悩まされていながら、同時に机の前のドッペルゲンガーの姿もはっきりと判る。そいつは私のオアシスを使っている。そのキーの音がどうやら、ここに届くまでに、タムタムの音に変わってしまうらしい。その上にそいつがワープロで打っている文字は、こちらの眠っているはずの視界に入り込んで来る。つまり閉じた目蓋《まぶた》の下の、極彩色の光が真っ白に澄む何秒かが時々あり、その時そこへ一字一字が浮いて出て来るという仕掛けなのだ。文章の意味はさっぱり判らない。というより、意味のない文字だ。ただ文章の体裁になっているだけ。そもそも、口や鼻から出る寝息が、笑い声から狸《たぬき》の話す声に変わってしまっている。それは小学生に化けた狸、或《あ》いは狸でありながら小学生でもある子供、ぶつぶつと呟《つぶや》く。

……んしてな、つこちんは、りになったの、んなしてな、はりになって、ほーりーにーなーってー……。

わっらぎゃっらわっらぎゃっらわっら、と別の声が叫んでいる。

棒を持った子供が部屋の中を走り回っている。いつのまにか部屋の中は小学校の教室になっている。私は小学校の教室の床に蒲団を敷いて寝ている。蒲団の下がはっきりと板敷になって、現実にはあるはずのマットレスがいつのまにか消えてしまっている。

　足元に教室の黒板が迫っている。二十年以上思い出した事もなかった教育実習の先生がその黒板の上に、出産の図と殺戮《さつりく》の図と種蒔《ま》きの図と、米俵と蟬《せみ》と大黒様の絵をぎっしりと書き込んでしまい、その前で野球のピッチャーのような恰好《かっこう》をしながら、ソプラノを張り上げて図の説明をしている。そうだ……狸が化ける事を授業の時の余談で教えてくれたのはこの先生だった。夢というのはたったこれだけの事で繋《つな》がってしまう。先生も実は狸の化けた先生であった。正体が現れて来たので声も言葉も、とても、狸らしい。

……はいいですかかーい。つっこちんのーい。めなまとてだまとあしまたをとってしまいましょーい。いこですねーもー。うこですねーもー。ぬがぬがしいかもでーす。しにたまでべへそでーす。いこいこですからー、はっ。してはいけませんよー、はっ。はいい、はっ。ばしょをとりまあす。あらよっと、あらよっと、あらよっと、きゃはははははは。

　はーいはーいはーいと小学生の声が黒板に紙粘土のように重なって行く。そうして私は夢の中に働く記憶やイメージの自動運動の中で、自分のある事についての細部の記憶、断片を無理に思い出させられようとしているのだった。そんなコースにはまってしまった事はもう判っていた。これから見る夢の道筋まで全部読める。どうあがいても絶対にそうなってしまう状況に置かれ、それ以外の事は何も考えられず思い出せないようなそんな立場……私は今、二重結紮《けっさつ》された夢を捩《ね》じ曲げこじあけ、夢を絞り出し夢に下剤を掛け、夢を抉《えぐ》り出し、夢の去勢をしに来るような、ひどい力に支配されて、一番考えたくもない嫌な不快な事を、無理やり取り出させられようとしているのだった。

その事とは排泄《はいせつ》についてである。もったいぶった書き方をするが排泄と書いたからまだましなのであって、例えば大便という言葉を病院や保健所等ではなく、日常生活の中でいきなり発音出来る人間は少ないと思う。みんなが生まれてから死ぬまでする事だというのに、私達はなぜかこれに関して黙っている。血管と同じようにごく自然に、意識の皮膚の下を走っている抑圧、それをいちいち確認させられるのは実際苦しい。――どうしてこういう破目に、いや、原因は一応判っている。昨日人に会って、その時に余計な事を口走った祟《たた》りなのだ。余計な言葉で自分からこんな事態を作ってしまったのだ。だが、本当を言うと、その余計な事さえ無理に喋《しゃべ》らせられた。余計な事を装った必然的仕掛けにはまったのだ。

昨日の夕方、喫茶店で編集者と向かい合っていて、次に書く話の説明に入ろうとしていた時、書くつもりだった話とはまったく無関係にふと、今度はワールド農耕霊の話ですねという、そのテーマについての婉曲《えんきょく》な説明が唐突にどこからか現れて来た。無論、婉曲に、というのはその言葉を発音し終えたあたりで自分なりに言い回しの意図が判ったから自覚出来た事で、そもそも単語を発音している最中には、何でそんな言葉が出て来たのかも判らなかったのだ。言われた方も当然判らなかったらしく、適当な愛想でかそれともワールドミュージックを連想しての事か、うーんワールド農耕霊、ハッピーですねえと受け答えた。おそらく民族衣装に身を包んだ立派な体格の女性が何人も立ち並び、穀物が山盛りの初雪のように世界を覆《おお》い尽くしている豊かな様子でも、思い浮かべたのだろう。だが違う。それは罰せられた女の子の話なのだ。一《いっ》旦《たん》排泄の禁忌を破ったがために、永遠に排泄するだけの機関に、或いは精霊にされてしまった女の子の。

彼女は小学校の時の同級生で龍子《たつこ》という名だ。姓は忘れた。いや、農耕霊になった途端に彼女から現世の帰属する場所がもぎ取られてしまったので、そのせいで私の記憶から姓が抹消《まっしょう》されてしまったのかもしれなかった。龍子は教室で授業中に排泄をし、その事を自分で認めたくなかったがために、排泄という行為そのものを神聖化した。定められた場所以外で非衛生的にそれを行ってはならぬという、禁忌を破った事実を無視してしまったのだ。そして彼女は、この世のものではなくなってしまった。

龍子は自分が人間を超える神に近い精霊になったと思い込んでいた。自分の排泄行為が全《すべ》ての現実の家畜や人間の排泄行為に宗教的意味を与えるとも。自分の呪術《じゅじゅつ》的排泄は大地を肥やし、雨や日光とともに働いて実りをもたらすとも……。

毎年毎年、自分は生まれ代わり、ずっと死なない、と主張していた。龍子ひとりが排泄するもので五大大陸の全土の肥料をまかなうとも。龍子白身が毎年死に、その死体が土に埋められる事で、土は一年の疲れや病を癒《いや》してまた生きるのだとも。そしてその土の蘇《よみがえ》りと共に龍子もまた土から生え、再び排泄し土を肥やすのだとも。龍子の魂が現実世界におけるそういうメカニズムを司《つかさど》りスムーズに機能させるようにする、と言うのだった。実際には化学肥料が主体だというのに、いや、今なら有機農法でさえ家畜の排泄物を使うはずなのだが、それでも、龍子という精神的な存在がなければ、土は何も生まず、作物は実らないというのが、彼女の主張だった。土の上で生き、土に返り、また土から生ずる宿命の生き物達を、人間と動物と植物をそういうサイクルで繋ぎ合わせる存在だという。それは口と太陽と肛門《こうもん》を循環させるための精霊、人が太陽の産物を食べて生きるために必要な変換を全て行うもの……。

今の彼女が本当にそういうものなのかどうかと疑いはする。が、少なくとも、私の精神世界にある影響を与え続けている事は確かなのだ。例えば彼女は私に彼女の事を考えさせる。絶えず語りかけ痛みや記憶まで追体験させる。そんな説得を行っておいて、彼女が無理にフィルターを掛けた、捩じ曲がった現実を語らせようとする。現実のままなら龍子がした事はただの粗相なのだ。それを神話のような意味のある偉大な形に、彼女は造り変えて見せる。

現《うつつ》の編集者にその話をする時でさえ、私は自分の思ったままを素直に言えなかった。嘘《うそ》つきのうんこたれの幽霊の作り話を書きます、などとは。私はその時龍子に見張られ、或いは一体化しているような感じさえしたのだった。

……以前から、ワープロを打っているただ中によく自分ではない何かが囁《ささや》くのを感じる事があった。それが、決して自分の外から来たものではないという事を現実の私は知り尽くしていた。自分を追い詰める執筆生活の中でも、それさえ、きちんと認識しておけば、ぎりぎりの理性や社会性は保てるのだ。が、文章の形で表記しようとすると、どうしても幽霊とか、神話、という言葉を使うしかなかった。私の心の底の、強迫観念や抑圧に付け込む形で、幽霊は降りて来た。夜中の夢の醒《さ》めぎわ、カナシバリのただ中、うろが来た真昼の、頭蓋《ずがい》の路地のくまぐまにも、物語は出現し私の頭の中へ、真っ白な光の板のようになって差し込んで来た。ひとりだけの生活をするようになってから、それはただの空想癖などではなく、また神話妄想《もうそう》でもなく、まさに私の声帯やワープロを打つ指を支配する、存在になった。だがそれが日常生活の中や、他者の前に姿を表す事はなかった。編集者達に構想を話す時私は、いつも、幽霊、が決して実在しないものである事と、文章の中でそれが持つ役割をきちんと説明する事が出来た。彼らに気兼ねなどした事は一度もなかった。が、昨日、私は龍子に気兼ねをした。龍子をずっと放《ほう》っておいたがために、実在するようになってしまったのだろうかと恐ろしくなった。最初のうちは龍子も、他の作品の素材としての有象無象と一緒くただったのだが……。

ただし、下りて来る精霊達の中で最もしつこく、しかも、私が延々と無視し続けて来たのがこの龍子だった。そもそも世間にある神話や物語の枠内《わくない》に龍子はいなかった。

排泄の物語についてなど考えたくもなかった。だからずっとその囁きを無視し続けてきた。彼女の喋っている事は、物語、というよりただのこじつけか妄想に近いものであった。精霊というより、妄想癖のある幽霊に付きまとわれているだけなのであった。

ここ数年、いつも、彼女が私の中に下りて来る度、私は際限なく、排泄に纏《まつ》わる想念を繰り出させられた。感覚は排泄という言葉に向かってのみ集中していくし、私自身はそれこそ、排泄のディテールを排泄する機械として使いつくされた。龍子の話を黙ったままにしておく事で自分が呪《のろ》われてしまう。呪いが日常生活にまで不気味な波及力を持ってこちらを支配して来る。その事にも結局、気付くしかなかった。

喫茶店で編集者と話していた時もそういえばそうであった。例えばワールド農耕霊という言葉を出す前、自分でも意図が判らないまま、私はふいに編集者に対して大変すまない気持ちになってしまったのだ。そして次第にそわそわし、話題を切り上げたり黙ったりし、ふいに、話の前置きとして謝ったのだった。申し訳ありません、ジュースを飲んでいる時にこんな話をして、と急に言うと、相手は明るい目をして、え、と言った。私はこの話に呪われている自分の今の状況を、狂気の範囲に踏み込まないようにして説明した。編集者に下らない嘘を吐《つ》き、真面目《まじめ》な創作の中にその話を織り込んでしまわなくてはならなかった。いんちきな理由もその場ですらすら出て来た。

——ここのところ、食べる話ばかりを書いてきたものですから、それで本を一冊出す事になった途端に、出す話を書かねば一冊にならないように思いまして。

書けばその重圧感が出て行ってしまうから楽になるんです、と付け加えたのだけが本音だった。相手は、まるでその事情を完全に納得してくれているかのように、ええ、と頷《うなず》いた。立ち去る時、彼は、そうですね、排泄というのはヒトが一番最初に学ばねばならない基本的タブーでした、と。

私は冷汗を流していたと思う。とはいえこんなふうに、意味のある話として話さなければ、黙っているだけなら、私はその時点で龍子の呪いを受け、喀血《かっけつ》するように、いきなり排泄のディテールだけを語り出してしまっていたかもしれなかった。龍子は少なくとも、私にそういう呪いを掛ける程度には強力であった。

さて、結局今その事を書かされている。いや、書いてくれている。

ワープロを打っている机の前のドッペルゲンガー、それが私の代わりに書いているのだった。そう、ああいう話を書くのは私ではない。龍子に取り憑《つ》かれたどこかの気の毒な人だ。

龍子とは小学校三年生の時に一年だけ一緒のクラスだった。二人の仲は大変悪かったと言える。そのくせ、今の龍子には私しか話し相手がいない。龍子は私に憑依《ひょうい》して語るしかなくなってしまっている。

というわけで……ドッペルゲンガーはどんどんワープロを打っていくというのに、蒲団の中の私は、カナシバリの中で次第に土に埋《い》けられていくし、棒を持って走り回っていたはずの小学生がその棒で私の蒲団の回りをつつき耕している。学校の教室だったはずの蒲団の回りは、今はもう全部土になってしまっている。でも、ここはマンションの四階のはずで、白い綿のカーペットの間には昼間うっかりこぼしてしまったセロハンの屑《くず》が溢れてきらきらしていたのに、それを掃除する暇もなかったまま、もうあたりは全部土になってしまった。その上子供は学校の子供ではなく大地の子供になり、固まって一箇所に穴を掘っている。とても深い穴だ。細長く深い。ユニットバスの小型の浴槽《よくそう》程もあるしつこく掘られた空洞《くうどう》……いつしか、子供が蒲団の四隅《よすみ》を持ち上げている。私は、龍子の代わりに埋められるらしい。龍子を私の中から追い出してしまえば、助かるのだが。

という、埋けられる恐怖に私は目を開いてしまう……龍子の顔が目の前の闇に浮かんでいる。小学校三年生のままの表情と気配。いや、既に精霊なのだから年齢などどうにでもなる。ひょろながい瓢箪《ひょうたん》のような、痩《や》せているわりに下膨れの顔、ぼさぼさの赤い髪は、ポニーテールとはいいがたいいい加減さでただくくられているだけだ。妙に可愛《かわい》らしい透明プラスチックの髪留めは龍子が美人だといっていた同級生の子が持っていたはずのもので、龍子は身を飾る事はまずしなかったはずだ。遊ぶ事と飾る事とふざける事、そして嘘はいけません、小学校の頃《ころ》彼女はそんな事ばかり言っていたのだ。その頃の私は遊星仮面の運動靴《ぐつ》を履いていて龍子に軽蔑《けいべつ》された事があった。ちゃらちゃらしているのね、と言われたのだった。その時の記憶と同じように、龍子の肌《はだ》は乾き、白く毳立《けばだ》っていた。目尻《めじり》がないのにつりあがった、瞼《まぶた》の重い目。ふっくらしていながら深い皺《しわ》の寄った色の悪い唇《くちびる》、短い眉毛《まゆげ》、それは、バランスだけで妙な可愛さを保っている顔だ。人間であった時期がせいぜい中学三年までのその顔から、おとなの立場で、性格や表情を読み取るのはなかなか難しい。だって、……。

今の龍子の、体を見ようとすると、首から下は腐っていて無数に管のようなものが出ているだけだ。ただ、その管の先にまるで景色を封じ込めた風船のように丸くくりぬいた明るい世界が浮かんでいる。それは、……黒く豊かな土、萌《も》える新緑の蠕動《ぜんどう》する野原、光に溶ける実りがうねり続ける、豊作の小麦畑、早苗《さなえ》を伝い濡《ぬ》らす雨の雫《しずく》の粘り……リンゴの花までもゆっくりと開いている。

さらに、私の耳の中では……タムタムの音にタブラの音が混じり、和太鼓が入りスティールドラムが加わり、ありとあらゆる打楽器の音が混じり合いついには濁って、土に染《し》みて行く。すると龍子の顔までもかき曇って行く。紙で作った仮面のような龍子の顔の外側がぽろぽろ剝《は》がれていく。現れた中身は煙のようなものでしかない。心電図の音と点滴を支えるスタンドのような金属音を立て、棺桶《かんおけ》を引きずる鈍い音も重ね、龍子は部屋の中を歩き回っている(多分それは龍子の現《うつつ》の肉体が臨終から葬式までに立てた音なのだろう)。

既に、私の部屋は龍子の世界に変わっている。緑の野、茶色い土、乾いた砂、空の雲よりも冷たく感じられる雪解け水の流れ、それらの中から黴《かび》のように、ごくみじかい毛髪のように、まるで自然の一部であるかのように、ありとあらゆる形のトイレが生じていた。が、部屋はそれでトイレだらけになるわけではない。というのも、部屋の床は無限遠方まで伸びて一旦裏返り、天井に繋がっていたから。無論、壁を伝わないで繋がっているのだ。それは部屋全体が裏返り、部屋の外側をも取り込んでしまったという光景である。こんな空間はない。これこそがまさに龍子の心の歪《ゆが》みだと私には思えた。それで龍子は、この部屋の中を地球全体に準《なぞら》えたつもりなのだ。

こうして、部屋がはてしなく広いものに変わっているのだから、トイレとトイレの間は充分過ぎるくらいの間隔が開いている。人口密度の高いところではその密度も高い。雨量を示す図のようにトイレの密度の濃さを、私は世界単位で感じさせられていた。いつしか五大大陸の輪郭が私の体の中にすっぽりと収まっていて、世界を表すに足る程広いそこに世界中のトイレがある。が、それらは広い世界の中ではあまりにも無数に過ぎ、存在感をいちいち感じ取るというわけにはいかなかった。ただトイレが生命を持ち、呼吸していると判《わか》るだけだ。普段の生活で無視しがちな、その存在が急に世界を律する細胞になり変わり主張を始めていて、まるで人間は排泄をするためにだけこの世に生まれてきたかのよう。そして私は世界を擬人化した一個の生物になり変わっている。無論神などではなく、ただ龍子に使役され、世界を感知する機械として利用されるだけだ。

そして、……そんな私の肩に成層圏を表す痛みが、眼球にマグマを表す充血が、眉《み》間《けん》に極地を象徴する寒気と貧血が叩《たた》き込まれる頃、龍子が命令して来る。今すぐに八億のトイレを見よ、四十億の肛門を見るがいいと。不潔感もなにも、それらはもう梨《なし》地《じ》模様の銀の粒のように、また粗悪な硝子《ガラス》の中の無数の気泡《きほう》のようにしか感じられない。

　重ねて、龍子は命令して来る。今度は語れ、と。現世の鬱陶《うっとう》しい大便について語れと、そしてまた彼女、龍子という精霊のする偉大なるそれについても、語れ、と言う。自分の大便の事を龍子は絶対に他のものと同じレベルでは扱わない。名前も決してそういうふうに呼ばない。それの事をアケボノノ帯、と彼女は呼ぶのだ。言葉は彼女の曲がった世界から歪んで出て来る。

　こうなるとドッペルゲンガーの叩くキーの音は速度を増し始める。記憶は膨大なものになるはずだ。こいつは私の思い出す事や体に感じる事を全部打っていく。つまり、この世界の中では、龍子に関《かか》わるどんな些《さ》細《さい》な記憶であっても全て神聖なものと見なされ記録される価値を持ってしまうのである。が、そういう龍子の思い込みに反して、私が思い出すのは龍子の学校での不適応、ありふれたぶざま、そんなものだけだ。龍子が私に憑依する時、私はアケボノノ帯という龍子の言葉を絶対に認めてやるものかと抵抗する。ともかく自分の排泄物《はいせつぶつ》だけが神聖だという考えには我慢がならなかった。

私はまず龍子に殴られた事を思い出している。小学校三年生の時、冬だったと思う。掃除をしていて、どぶのたまり水を急に龍子が全部汲《く》み出さねばならないと言い始めた時だ。小学校の中庭のどぶだったのだが、一箇所が深くなっていて真っ暗な水に灰色のぼろぼろしたものが浮かんでいた。そこだけが澱《よど》んでいやな臭《にお》いだった。この水を一度に汲み出してしまわないと駄目《だめ》だ、と彼女は言い始めた。が、それまでずっとそこで掃除をしていたのに誰もそんな事を思い付かず、また教師から命ぜられた覚えもなかったのだ。とんちんかんな事を急に言い始める癖が龍子にはあった。知能は平均以上にあるという話で、ＩＱが高い子供のための、特別な知能検査を受けた経験があると、中学生になってからはよく自慢していた。その頃はそんな事は知らなかったが、それでも龍子が非常に頭のいい子だという話は子供達の間には広まっていた。そのわりに教室で教師から失笑される事も妙に多い子だった。どこか、変だ、と私達は思っていた。その時もそんな感じだった。見当外れを言い立て誰の同意も求めず、龍子は急に、物に憑かれたようにブリキのバケツを持ってきてしゃがんで汲み、下流へ流すという作業を始め延々と続けた。が、上流から汚水はどんどん流れて来ているのでいつまで経《た》ってもその作業は終わらなかった。池の水替えやどぶさらいならば他にやり方がある。が、いくら汲んでも、底の見えて来ないひたすら流れる汚水を龍子はただはねかえして、流れを速くするだけであった。無駄なんじゃないの、と私はかなり不満気なつっかかるような口調で言ったはずだ。他の子と違い、私は龍子をただの馬鹿《ばか》だと思っていた。苦手でもあった。クラスの中で、「幼い」と言われる私を甘やかしてくれる女生徒は多かったが、龍子にはそういうところがまったくなかったのだ。そもそも全員が作業を終えるまでは勝手に帰る事の出来ない規則だった。下校が遅れれば見たいテレビが始まってしまう。楽しみを邪魔された子供の怒りを私はぶつけた。龍子は……。

怠け者に向ける視線を私に投げただけで、作業を止《や》めなかった。男の教師が通りかかってそれを褒《ほ》めた。よく頑張《がんば》っている、と言い残して去った。が、汚水をいくら汲み出しても上に浮かんでいるぼろぼろしたものはそのまま残っているし、臭いも変わらない。龍子は機械のようにしか見えなくなっている。私は気味が悪くなった。やめなさいよ、いっくらでも流れて来るのに、とまた叫んだ。無駄な努力をする時だけ目の吊《つ》り上がるイキモノ、無能な奴《やつ》だ、と子供ながらに私は彼女の事を思ったのだろうか。却《かえ》って迷惑だ、とさらに言った。すると龍子がバケツを捨てて立ち上がった。顔を紅潮させ、妙に強張《こわば》った表情が不気味だった。おんながっ、つべこべ言うなっ、と龍子は怒鳴った。女はべたべたして嫌《いや》だ、と龍子は常に言っていた。自分が成人するまでに男を百人作り、全部戦わせ最後に残ったひとりと結婚するとも。龍子の母は、夫と自分を男同志の結婚と表現していた。

……怒鳴った龍子が芝居がかった態度で肩を怒らせ、父親が子供を叱《しか》るように歩いてきたところまで、はっきり覚えている。何を盛り上がっていやがるんだ、というような事を子供ながらに思った。ぴっ、と平手打ちで頬《ほお》をぶたれた。「単純で子供っぽい」はずの私には、一点、妙に醒《さ》めたところがあり、わざとらしい態度をきちんと見て取っていた。が、頭は醒めていても所詮《しょせん》子供だったから、殴られると笛のような声を立てて泣いた。多分叩かれた事がショックだったのだろう。みんなはたちまち献身的労働英雄を加害者扱いし、この事件を言いふらすために散っていった。

教師は龍子を正義感が強いと思い込んでいた。が、龍子は発育の遅れた同級生が掃除をするのが嫌だと言ってしゃがんでしまった時も、ひどすぎるという他の子の忠告をしりぞけ、こんなおんなどうしたっていい、と濡れたシュロのホーキで彼女の頭をつつこうとした。龍子は頭がいいというより何をしでかすか判らないのだった。それなのに、教師の評価が高いのでみんな彼女を遠巻きにしていたのだ。

　異変はそのすぐ後で起こったのだと、記憶している。

教室に重い陽《ひ》が射《さ》しており、教科は国語だった。冬にしては温かく日差しの強い日だった。その学年に午後の授業があったかどうかさえ、私も龍子ももう覚えてはいない。ただ日差しと眠気と教科について龍子と私の記憶は一致していた。とはいえ、そうした一致は結局、私が龍子に支配されていると
いう証拠に過ぎないのかもしれなかった。

　……賢そうにしていて、もったいぶっていて、他の馬鹿な生徒のためにトイレの順番を遠慮して譲ってやったために、そうなってしまった、午後のその授業の間は、ずっとおなかが痛かったのだと、龍子は自分に都合のいい事を言った。

　私はといえば、龍子のすぐ前の席で授業を受けていた。龍子の席は一番後ろで端だったから、教室の中でもその時の異変に気付いたのは私だけだ。私は素直な不快感を表して息をいっぺんに吐いた後で顔をしかめ、臭い、と後ろの席を向いて龍子を睨《にら》んだ。が、龍子は平気な顔をしていたのだ。本当に少しも困ってなかった。授業が終わ

るまでの間私は息を詰めていたのに、龍子にとってはどうでもいい事だったらしい。ただ人にばれてはいけないという事だけだったと、精霊になってから龍子は私に何度も告げている。

で、こうなるともう、私の頭の中で龍子は演説してくる……みんなは馬鹿だと思った、誰がトイレの場所なんか決めたのだろうと。世界は野原や道で出来ていてトイレとそうでない場所との区別なんかどこにもないのだ、と。今までは馬鹿に教えられてずっとそうしてきて、ぎりぎりになってそれでもトイレに行きたいとは思わなくて、ただ腹の痛いのが直るかと思ってしてみたらなんでもない事だったと。臭いと騒ぎ立てた馬鹿はおまえだけだったし……そう言うと彼女は当時の私のあだなを、白ブタとか白カバとかブー山のノリコちゃんとか完全に子供に返って嬉《うれ》しそうに発音した。一貫して龍子は強気である。その上カナシバリの私にそれを堪える時の腹痛までも、五感を支配して伝えて来る。すると私の体は、……硬直してただでさえ不快な状態のまま、急に腹に血が集まり手足から血の気が引く。凄《すさ》まじい鬱状態に襲われてしまう。腹の中に巨大な死んだ魚が入っているようだ。足の指までがきりきり痛み地獄に達する程の脱力感がある。血圧が四十から五十の間になっている感じになる。しかしそれらは龍子の作ったまやかしなのだからカナシバリを解いてトイレに行ってもまったく無駄と言える。でも、腰が痛い。頭の筋肉まで引きつれる。腹の中で血の塊が尾を引いて回っているような辛《つら》く重い感じ。

よく覚えている。午後のそれが最後の授業だった。大抵の子供なら粗相をしたら、まず終業の合図と共に学校のトイレに駆け込んでとりあえずの処置をすると思う。が、龍子はそのままみんなが帰るまでぼんやりと教室に残っていた。それは体温となじんでいる間は少し不快というだけの事で、あんな腹痛を我慢するよりは苦しみも少なかったという。帰り際《ぎわ》に何人かの同級生が臭いに気付いてその事を口にしたのだが、龍子はただ、あれらは馬鹿だから、と思っていたのだった。生産したそれ、はかなりの量だったそうだが、今度は龍子はその存在自体を無視しようとした。行為そのものについては根源的な問い掛け故と説明出来ても、不快感や周囲への影響という現実感覚は無視する以外、どうしようもなかった。或《あ》いは自分のしてしまった逸脱行為に茫然《ぼうぜん》として、感覚が鈍麻してしまったのかもしれなかった。私は間抜けにも他のクラスメートが帰った後も、龍子の席のすぐ前に座ったまま、教室を出る事が出来なかった。心配して、というのではなく、また意地悪で見届けてやろうと思ったのでも決してなかった。最初はただ不快で怒ったのだ。単純に怒り、その後でなぜか非常に悲しくなってしまったのだ。龍子があまりに平然としている事に気を呑《の》まれたのか、それとも、そんな行為をする人間の前の席に座っていて、それに気付いてしまった事で自分も共犯のような、或いはその逸脱に染まってしまったかのような恐怖感を覚え、それで龍子に同化してしまったのか。どうしても動く事が出来なかった。龍子は私を見た。私は顔を背けるのではなく、下を向いた。龍子はそのまま私と一緒に担任のところに行った。先生、私みんなが冬休みに作った宿題の作品、教室に飾ってあるのをきちんと見て帰りたいのですが、私はそれを見て自分のいたらないところを反省します、少し教室に残っていてもいいでしょうか、などと言い始めた(龍子は普段からセンテンスで喋《しゃべ》る子供で、私と違っておとなの言い回しをかなりうまく使った。教師に迎合するような事をなんでも言い、保守的なその教師に気に入られていた。しかしある時、龍子が教育勅語、という言葉を覚えてきて、あれはよいものだったそうですねー、と言うと教師はさっと顔色を変え、ひどく嫌そうにした)。私はまた一層驚愕《きょうがく》した。既にした事だけで充分過ぎるくらいだったのにまだここまでしなくてはならないのかと……走って泣きながら逃げたかった。が、それでも私は龍子と一緒にいた。残って飾られた宿題を本当に見学したのだった。その時の龍子が私をパートナーに選んだのはただ私の驚愕を利用したのだった。

遠巻きにされて孤独な龍子と同じ位、私は体だけがおとなのようで頭は幼稚だという理由で時に甘やかされても、心は孤独だった。

形式主義の教師は龍子の言葉に手もなく感激した。そうか、みんなやる気が出てきたな、そういう態度をみんなに広めて組は良くなっていく、と土地の言葉で言った。

……私と龍子は薄暗い教室を並んで歩いていた。紙と硝子瓶《ガラスびん》と割り箸《ばし》で作った同級生の力作、そんなもの見たければ休み時間の間に見れば済むのである。しかも臭い、私はまたそれに気付き始めていた。――薄暗い教室と紙粘土の人形、フライパンを型にして紙を張り顔を描《か》いた仮面、ビール瓶の体を持ったブルーの象、毛糸の髪の毛を張り付かせた、ウィスキーの瓶の首人形などの前で、私達はいちいち感嘆し二三歩ずつ歩くという行為を繰り返した。その時にはもう龍子の顔は蒼白《そうはく》になり唇《くちびる》は粉を吹いていたと思う。最初は、臭い、と吐き捨てたはずの私も龍子の思い込みに引きずられて真面目《まじめ》くさった顔付きで後に続いた(でも臭い)。さらにその後は龍子の家へ一緒に行って遊ぶつもりだった。今までそんな事はした事がなかったのにその時はそうするものと思い込んでいた。この事態を私まで無視し始めていた。が、校門のところで、龍子はいきなりきつい顔になって、ついてくるな、と土地の言葉でいい、早足にしてはもたもたした動きで立ち去ってしまった。私はその時、いつも仲が悪いはずの龍子に、妙な事だが、捨てられたような気がしたのだった。

……蒲団《ふとん》の足元で龍子はしつこく語り続けている。聞き飽きた話だ。あれから彼女は家に帰って母親に腕を摑《つか》まれ、自分でズボンを脱いだ。母親は脱いだものを汲み取りトイレに持って行って処理し、龍子の腕を引っ張って昨日の湯の残っている五右衛《ごえ》門風呂《もんぶろ》に連行し、湯船の冷めた湯を手桶で掬《すく》って際限なく掛けた。風呂の湯は水道の水よりは少し温かったが、汚れた皮膚よりは冷たかった。えええ、これは、ええ、あんまりな、ああ、なんという、これが、よのなかか、これが、あああと母親は言った。龍子は泣き叱るというより動転しながら必死で目の前の事態を認めまいとしていた。龍子は泣きもせず甘えもせず、ただ、叱られるレベルさえ越えてしまった自分自身の逸脱行動に茫然としていた。自分の腰から下は冷たい棒のようで、そこに冷め果てた湯が叩き付けられて何かが流されていく。汚れ、とすらもう彼女は思わなかった。それは世界と反世界を分けてしまった刃物だった。龍子が子供なりにずっと積み上げて来た認識の体系、毎日の連続、そういうものの芯《しん》のない危うさとしっかり呼応して現れて来た毒の塊だった。全世界よりも重く尊い、悲惨な程の圧倒的勝利、と龍子は形容した。私はその時に人を越えた、と言った。

でもそれでも龍子は次の日別に休みもせず、元気に学校へ来ていたのではなかったのか。いや、来ていなかったのか。どちらにしろ龍子の心の中がどうなっていたかその時点での私に判《わか》るはずもなかった。私は私で、その日もまた、自分の友達になってくれる誰かを求め続けて、もう既にグループの纏《まと》まってしまった後の教室の中を、誰にでも好かれる自分という間に合わせの幻想に支えられて、あちらこちらひらひら飛び歩いていた。あまり世間を知らずすぐに泣いたりするという欠点をわざと強調するため幼児語を使い、何にでも驚いてみせ、グループ毎《ごと》に悪口や告げ口を使い分けて舌たらずに喋っていた。心中馬鹿にしている生徒に赤ちゃん扱いされて、困る演技をした。

さて、では龍子はその時教室の隅《すみ》で一切の存在の気配を消してただ座っていたのだろうか。それとも逆にいかにも龍子らしいという雰囲気《ふんいき》だけを残留思念のように部屋の隅に漂わせて、実際はずっと欠席し続けていたのだろうか。

龍子は語る。が、そこに答えはない、獣になった小学生や蝉《せみ》の説明をする教育実習生よりも、まだもっとわけの判らない言葉でしか、語らないから。

……おきょうしつにね、いるようであったけれどりっぱだったの、いないほどではなかったらしくってね、そこまではそれほどでもなかったらしくってえ、いないといるとのあいだにえらばれていてね、……、……、やめなさいよっ、ぎゃあにしなさいよ、わっらわっらわっら、かすみとばしなさいよ、つぶしころしてやるのよ、ぎゃああしにそうよ、ぎゃあああ、だから、ゆるしてよ……。

許してくれ、許してくれ、苦しい、と後は繰り返すだけだ。龍子と喋っていると苛々《いらいら》する。都合の悪い事を聞くとすぐにぎゃあ、だ。その声は動物が喧嘩《けんか》をする時ととても似ている。それでも強《し》いて聞くと黙ってしまう。どこかに行ってしまうのなら楽でいいが、今度はけろりとして自分に都合のいい事を喋り始めるのだ。トイレに行けなくて粗相をして、冷めた風呂の湯で洗われたその時の気分、そしてアケボノノ帯……それは彼岸への到達。祝福された再生。至高の創造物。あれ、をする以外の生産は全部くだらない。子供を作るのも自動車を作るのも年寄りを助けるのも何の意味もない、そこまで言い募ってくる……。あれ、に祝福あれ。うんこは正しく偉い。そもそもなぜ人間は定められた狭く息苦しいところでしかうんこをしないのか。いや、するものはいるだろう。が、海や山や野は人の世界ではない。人外の魔境でしかそんな事はまず許されない。みんなあれをしているのにあれは汚いと言われている。でもそれは汚いというだけで目を背けているのではない。要するに農耕に纏《まつ》わるタブーとして抑圧したから、みんなはあれから目を背けるのだ。体から出したものが土になってまた戻って来る。それが怖いからみんな黙っている。いや、それだけではない。みんな自分のあれ、は神聖で素晴らしいと思っていて、しかもその思いが世間で通用しない事を知ってしまったがために、目を背けるのだ。つまり、それ故に選ばれたものだけがあれについて考える。あれについて語る。その一方で、生きている限り誰もあれをし続ける。地球が始まってから今まで一秒毎に、どんな悲しい時でも殺戮《さつりく》や神聖な儀式の最中にでも地球のどこかで、地表の一区域に、定められたあるいはその時選ばれた場所に、あれはぼとぼとぼとぼと、流星群のように爆撃し虫のように湧《わ》き続けてきたではないか。

気持ち、それも自分の気持ちについてしか龍子は喋らない。現実世界でどうなったか、特にあの後どうなったかについて、彼女は一切語らない。語らない事が、伝説気取りな妄想《もうそう》の発生源になっている。

要するに、……語れなくて精霊になった彼女の動力は尽きない。伝説の形に彼女が捩《ね》じ曲げた現実、そこに一定の回路を与えたまま、龍子は止まらない。

普段でも読んでいる本の中に排泄の描写があると私はたちまち、肩が重くなる。龍子の埋められた土の重みと、龍子が腰を掛けている五大大陸という巨大なトイレの、広さと寂しさが私を襲う。

……十代に入った頃《ころ》龍子は過食に悩まされるようになった。異変に家族が気付かなかったのは、最初から龍子が目を背けられた子供だったからだ。——龍子の両親の情報はただ、環境ビデオのような何の感覚もない映像で私の頭の中に入って来る。龍子はもうかつての家族に対して、無感動になっている。父親や母親にも姓名はなく、それこそ、丸に母の字が入っているだけのような顔に変わっている。彼らが龍子に接した時の態度もただの記録としてしか残ってない。もともと両親は龍子を見なかった。それは見ないというより龍子に幻想を被《かぶ》せておき、龍子自身を見ないで幻想を見た。それは身贔屓《みびいき》とか欲目というような可愛《かわい》らしい錯覚ではまったくなかった。彼らは最初から娘を望んでおらず、娘という存在そのものを厭《いと》ったのだ。だがいくら見まいとしても娘の声は耳に入るし娘はそこにいた。だから彼らは両極端な関心と冷淡を交互に見せた。やればものになる子だ。この子は本当は男の子だと言い、現実の龍子が目に入るとすっと目を背けた。そして目を背けている自分自身に気付くと今度は無理に、龍子のディテールだけを執拗に見た。龍子のマナーや声の出し方や表情や感情の動きに文句を付け続けた。本当の嫌悪《けんお》感《かん》を口にする事は親達には出来なかったから、その分些《さ》細《さい》な事への小言は激烈になった。親と龍子が顔を合わせるのは食卓だけだったから叱《しっ》責《せき》は食事の仕方や食物の好みに集中した。

　家族の食卓で龍子はものを食べなくなった。無論それも叱責の種になった。母親の愛情を踏みにじるというわけ。食べればまた食べたで親と同じような音を立てないからとか下を向いているからという事で叱責をされた。後で食べると言って自分のお皿にラップを掛け、一人で食事を済ませるようになった頃には、完全に過食気味になって、そのくせ却《かえ》って体重は落ちていった。龍子の主張をもしも信ずるなら、その頃から彼女の排泄物《はいせつぶつ》は、次第に呪術《じゅじゅつ》的になっていった。ダイニングキッチンのカウンターの陰に隠れて、彼女は食べ続けた。まず自分が夕食時に残した物、それから残り御飯、受験勉強の夜食用ラーメンとコーヒー、父親のつまみのあられや珍味に手を出すと盗

み と親殺しに近い感じがした。母親が龍子のラーメン好きを汚いと言い始めてからは、食物を自分でも買うようになった。コンビニのある時代ではなかったから、それらは学校の横にある公園の近くの、小さな売店で調達していた。元は駄菓子屋《だがし》だったらしい狭い店の中を何度も、しつこい程回り、龍子は毎日その店の中で売っているあらゆる種類の食物を提げて帰った。一日で一家族が消費する程のものを龍子は買った。幼い頃から少しも使った事のなかった小遣いやお年玉はただそれだけのために消費された。子供が金を使う事を龍子の両親は罪悪とみなしていたから、彼女は貯金箱を夜中に隠れて開け、幼児の頃に貰《もら》った千円札を摑み出した。それでも決して食べる事を楽しんでなかった。その頃から食べる事は義務に過ぎなくなっていたというのだった。

口の中にあたるスナック菓子のフレーバーの乾き、ポテトチップスの塩と青のりの違和感、酒の肴《さかな》に売られていたらしい小さいシュウマイのすじ肉の粘り、アーモンドチョコレートのアーモンドが歯に当たる抵抗感、龍子にはそれらが全部食物の幻想であり影に過ぎず、ただ口の中を刺激して汚さを残すだけのような気がしていたのだった。それでも、食べる事以外に何も出来なかった。誰も、中学生になった彼女をもう優等生だとは思わなかった。カンの良さだけでは成績を伸ばす事など出来ないのだ。

その上、第二次性徴から龍子は顔を背けていた。

女は馬鹿《ばか》で汚い、失敗作だと言われながら育っていた。ＩＱの高さしか取り柄《え》のない者がそれを生かし切れず、馴染《なじ》めぬ家族と一緒に先のない生活をした。どの高校にも入れないだろうと龍子は言われていた。一年に一度だけ授業ですらすらと、習っていない線形代数を使って難問を解いても、誰も自力でやったとは思ってくれない。実力テストになると意識が混濁して眠り込んだ。鼻血を出し数も数えられなくなっていた。趣味も友達もなく、家族には声も掛けたくなく、嫌《いや》だ嫌だ嫌だと思いながら食べ続けて、最後に深夜の台所で毎日四合の米を龍子は炊《た》いた。

だが、その時から自分はずっと精霊になる事を考え続けていたのだと龍子は言う。食べる感覚を追求する事にその時は専念していたのだと。それは非常に神聖な義務だったそうだ。にもかかわらず、カナシバリの中で龍子が見せるビジョンは、神聖というより醜悪であった。

売店だけではなく、最後には龍子は、自宅近くに開店したばかりのスーパーで手当たり次第に食品を買うようになっていった。明らかな異常行動を取り始めた龍子に、両親は急に甘くなったふりをし始めていた。単なる幼い子の我が儘《まま》であるかのようにその異変を見て、仕方がないねえ、と言いながら目を背けたのだ。中二に入って龍子はもう学校に行かなくなってしまっていた。それも両親は無視し、ただどんどん甘くなった。時々、私達が変わらなくては龍子の異常行動は直らないから、これからは躾《しつけ》をやめてうんと甘やかしましょうと、明るく前向きな顔を造り語りあった。食べても食べても太らないから異常ではないのだろう、と身内のものに言われてそれを信じてしまった。というよりその頃過食症という言葉自体が、あまり知られてはなかったのだ。それに龍子は、過食症の嘔吐《おうと》をしてなかった。そのあたりから、自分の排泄物はすると同時に、ふっとどこかに消えてしまうようになったと龍子は「証言」した。そして食べる事は現実の肉体からどんどん遊離して行き、生きるためでも欲望のためでもない、強迫的で神聖な義務になったと。

食物を買う時、まるでその容器ごと、或《ある》いはその容器に印刷されている絵柄《えがら》ぐるみ龍子は食べるかのような感じがした。例えば缶詰《かんづめ》を買う時に牛の絵が描かれていれば牛一頭、天女の絵があれば天女一体をまるごと食べるのだと思ったのだ。

買い出しはどんどん大変になっていった。欲しくもないなまのものの、香りだけを吸って摂取するのだと言って、龍子は何パックもの餅《もち》菓子や山程の果物を買った。欲しいか欲しくないかは問題ではなく、あらゆる種類の食物が必要になった。それを一口ずつ自分の口で齧《かじ》り、唾《つば》を吐いて汚して行く。というより口を使って所有し、理解して行く。金が底を突くと両親はにこにこしながら龍子に小遣いを与えた。龍子の進学や結婚費用のための蓄えを全部それに当てた。たいしたことではない、と父親は言い、家にはあまり帰ってこなくなった。母親は健康な体作りに専念し栄養素と筋肉の話しかせず、そのくせ下痢を繰り返し痩《や》せて行った。その間も龍子は出来るだけ多くの食物を口で所有するために努力し続け、ついには睡眠時間も削るようになった。時には食物を食べずにトイレに流した。流すために包丁で切りミキサーにかけた。

その頃にはどこかに消えてしまう排泄物が、大地の裂け目にのみこまれているという確信を龍子は持つようになった。頭の中にありありと浮かぶその光景の中で、既に排泄物は胆汁の色を失い、といっても白色ではなく、なにか光の塊のような巨大なものに変わっていた。普通の排泄物とはまったく違うものになってしまったという。排泄物ではなく、排泄仏と書く程に尊いものだと。が、龍子の幻想がその段階まで行った頃、現《うつつ》の肉体に限界が来た。ただそのあたりの事さえ龍子は死後も否定しているらしく、龍子自身の霊からは真実を聞いていない。

龍子が入院したという噂《うわさ》は、当時中三だった私のクラスに届いてきた。内科で点滴を受け、痩せている、と聞いた。病だという以外誰も何も知らなかった。今もその噂を取り上げて追及をすると、彼女はまず病院の事を抜かして語ろうとする。当時の同級生の証言を様々に上げると……黙り込む。その一方ふいに機嫌《きげん》良く、実は自分がそのように選ばれた特異体質になったのを馬鹿な医者がいぶかしんで、人間の愚かな考えで調査をするために入院させたのである、と言い訳をする。私は嘘《うそ》を吐《つ》かないと彼女は言い、多分、その病院の中で点滴を受けながらずっと見ていたビジョンなのだろう、巨大な宴会の風景を見せる……龍子が多くの人々に囲まれている。その人々はずっと食べ続けている。ローマ時代の皇帝のように臣下をはべらせて食べさせているのだ。食べるという事が仕える行為になっているのだった。

龍子はその宴会の中では何も食べない。ただ、皇帝の口が臣下の口に乗り移って食べ続ける。食べる事は全《すべ》て私の行為になった、と龍子は思い込み、食物は汚れているから食べる事で変質させまた外に出してしまうのだ、と説明する。が、出されたそれ、は不潔ではあっても禁忌ではない。龍子が出したものは直接には見えず、もうイメージだけ。しかもそのイメージを感知しても、これはなんだろう、と彼女は思うだけだ。

出したものは死んでいる。そのくせ意志を持っているように感じられる。一万人の臣下が食べ尽くして空になった大きな皿や鍋《なべ》に、龍子はイメージで、それ、を出現させる。一万人のそれ、について自分は全責任を負わなければならないと自覚するためだ。その考えはやがて地球人全体のための、という使命感に変わる。

現実世界での龍子について言えば、入院の直前、末期症状の頃は白い食物と白い花だけを直接食べ、他はトイレに流していたというのだった。過食から一転して、異様な少食になり、しかも体が食物を吸収しなくなった。それが体力を脅《おびや》かし命を縮める原因になったのだろう。龍子は……学校には行けず生理はまだなく、体から点滴の管が伸びるようになって、やはり管から採尿されるようになって、即身仏のような姿になって、彼女は拒食のただ中饗宴《きょうえん》の幻を見ていたのだった。それは不毛な幻だけがどんどん生々しくなる日々であった。

……一万人の臣下が熱帯の花のエッセンスで香りを付けられた、蒸した恐竜《きょうりゅう》を食べている。一方では別の竜を無数の料理人が切り刻んで、巨大な胡瓜《きゅうり》の器に盛り付けている。恐竜の体からは香辛料で鼻が痛くなるような百種類のソースが、幾何学模様を描いてとりどりの色でゆっくりと滑り落ちる。その皮膚からは鶯《うぐいす》の嘴《くちばし》や首が無数に生え蠢《うごめ》き鳴きさざめく。一千匹の金魚がまるで絨毯《じゅうたん》の模様のように一部屋程の皿の上に流し込まれる。

無数にいる臣下達をTVモニターで龍子は眺《なが》めている。食えぬはずの深海魚がただの飾りとして、内臓も身も抜かれて、水槽《すいそう》を思わす硝子《ガラス》のボールの中で、モビールのように揺らいでいる。スープのだしとして使われた丸のままの鹿《しか》やハクビシンがボールの底の方に、茶色く変色して沈んでいる。その鹿やハクビシンに龍子は笑いかける。あの色はもっとも現実の排泄物に近いのではないかと、夢想の中で彼女はぼんやりと考えている。

……龍子が死んだ、と休み明けの教室で私達は聞いた。葬式には行ってはならないという指導が教頭から出された。両親を傷付けないための配慮だと言った。が彼女の両親からは私達の学年の全ての生徒に電話がかかってきた。龍子の死の原因を学校に求めようとして、彼らは冤罪《えんざい》事件の子を庇《かば》う親と同じ位、熱心に愛情深い声で龍子とは一度も会った事のない多くの学友にまで、不毛な質問を繰り返したのだった。が、自分は決して死んだのではなかった、と龍子は無論主張しているのだった。

つまり、生前の好物であった白い食物と白い花の供えられた自分の勉強部屋で、龍子の意識だけが生き続けていたのだと。生死の境をさ迷い続ける間に既に彼女の魂は自宅に帰ってしまっていたのだったと。即身仏の体が燃やされた後、彼女は自分の部屋の中を歩き回り供え物を食べ、というより、その食物の生気やそれが象徴する精神的な意味を食《くら》い宗教的排泄を行うようになった。龍子が死んだ事で両親の龍子への執着は幻想化されたため、両親は、龍子の生前よりもずっと愛情深い親に変ってしまっていた。そのためか供え物は毎日取り替えられた。死の直前龍子が食べていたのと同じような、あらゆる種類の白い花と食物を両親は皿にピラミッド型に積み上げ死者に供した。その間、部屋の窓にも天井にも龍子は霧のようになって上り、部屋一杯に広がり、ただ、口と肛門《こうもん》だけが、記号のように、プラスチックの輪のようになって残っていた。どこへでも行けるのにどういうわけだか、自分のベッドの上にだけは乗れなかった、と龍子は言った。そして、……精霊の排泄物は臭《にお》いがなかった。末期にまったく胆汁の出なくなっていた体から出たそれ、は生前すでに、それから掛け離れた色をしていた。さらに、死後に生産された光の蛇《へび》のような、しかも全人類のものを象徴するに足る分量のそれは……生者の目にはもう見えなかった。それ、はそれ自体独立した勢力を持ち、雨や風を司《つかさど》り、世界中の土を肥やすに足る肥料のエネルギーを光り輝かせ、太陽の熱を吸い地磁気を帯びる存在に変っていた。彼女の回忌の度にますます力を増した。龍子自身もそのときにはすでに世界を覆《おお》う霧に変わっていて、その霧は太陽の力を吸って動き、地上のあらゆる食物から力を掠《かす》めて、それをプラスチックの輪のような観念的肛門から排泄し、土に落とし、作物を育てようとする大地を励ますのだった。

ただし、とはいえ、それは万能ではないし、自立してもいない。つまり日照時間が短くなるにつれて、龍子の、力は衰える。五大大陸の各地の日照時間と季節の区別に応じて、龍子は様々な分身を現し、雨期と乾期だけのところではそれに応じて姿を変える。南半球と北半球では生死の時期を変える。

そして、……四季のはっきりした土地に排泄されるアケボノノ帯は、春には白光の中にも薔薇《ばら》色《いろ》を帯び、夏至には黄金色に輝き、秋には真紅から次第に色を枯らす。やがて、冬至、死んだ蛇の脱《ぬ》け殻《がら》のような、殆《ほとん》ど灰色の半透明になってしまったそれを排泄すると、龍子は他の精霊達の手によって土に埋められる。排泄だけを目的にした龍子には吸収の機能はなく、太陽が衰えると共に死ぬしかない。一旦《いったん》死に土気の中で土と共に休み、冬至の次の日、再び太陽が少しずつ力を取り戻す時に、その力で再生する。結局口と肛門は太陽の力で生かされるだけだ。

土や太陽を身近に感じながらも、そんな龍子の感覚はどこかフィルターが掛かっていた。毎年そうして生まれ変るというのに、実感としては、生きてもいない。また死んでもいない。世界のためにただ、保たれているという自覚しかない。禁忌を破ったものにしか人間の生死は超えられない、そう思うと誇らしく淋《さび》しいという。そう語る時の龍子の顔はまたきちんと輪郭を取り戻して、カナシバリの私の目の前に、暗闇《くらやみ》に浮かぶ。目尻《めじり》のない吊《つ》り上がった鈍い瞳《ひとみ》は、精霊というより妖怪《ようかい》のようだ。虚《うつ》ろで、きょときょとして、気が弱い反面言いだしたら聞かない、ありがちな子供の顔付きしか現れていない。無論、子供の心の底にあるものをおとなは正確には読めないだろうが。

そこで私は龍子に糺《ただ》す。今の状態では禁忌を破ったという意味はないではないかと、禁忌のある世界に使い尽くされるために、神の定めたゲームの中で動かされるために、主体的に人を超えたとでも言いたいのかと。が、屈折した龍子にそんな言葉で話しかけても無駄なのかもしれない。龍子は目付きにふさわしい笑い声で少し笑うだけだ。ケケ、とでもいうようなごく軽い声。嘲笑《あざわら》うのではなくむしろ卑下し、愛想笑いで許して貰おうという弱々しさ。それでも言葉の傲慢《ごうまん》さは変えようとしない。自分の霊としてのあり方に絶対の自信を持って沈黙するふり。或いは、自信を守るために、沈黙する。なぜ彼女のそれ、だけがそうなったかを聞いても答えず、ただ結果だけを伝える。――ともかく私のそれ、は単なる排泄物ではなく、アケボノノ帯になった、と。

弱々しい笑い声や虚ろな目で武装された、凝り固まった誇りに満ちて龍子は話を逸《そ》らす。小市民め、お前の下らないそれについて思い出せ、と。

こうなると夢の力で私は思い出させられる。結局は龍子に馬鹿にされるためにだけ私自身の記憶を使われるのだ。

……記憶の中で私は大腸ガン検診を申し込んでその検査法を書いた紙をしげしげと見る。小さいプラスチックのカプセルに大便にさしたスティックを入れて送り、検査して貰うという方法である。一旦意識すると、こんなに少しでも大便は汚いのだ、しかも自分のだ、と頭が混乱する。検査の仕方の紙が、小さく折り畳んであるのを開いて説明を読もうとする。そして気が付く。その紙には世間では漫画にしか出てこられないその形の、略図が描《か》かれているはずなのである。真面目《まじめ》な研究者がこれを一体どのようにクリアするかという事について、例えば性交の描写の抽象化や植物化と同じような興味が、いつしか出て来る。あまりにも厳重に折り畳んであるそれを、緊張しながら私は剥《は》がしていく。図式化されたそれが目に入って来る。そのもの、はあまりにも薄い殆ど生成《きな》り色と言うしかないようなベージュで表されている。厚みや重みはその熱と臭気を感じさせるというのでまったく紙そのもののように薄く描かれ、ただ輪郭だけで、それが三次元のものである事を微《かす》かに示唆《しさ》してある。そのまま冷蔵庫の中にさえ置けそうな大便。そんな絵に採便スティックが突き刺さっている。スティックに付いた余分なものを拭《ふ》き取るような指示が書かれている。その余分なものを表すのに、こんどは、薄い色にオレンジ、濃い色に黒が使用される。本質的な色は抑圧され、それでも残す検体の程度は完全に伝わる。プラスチックの堅固で小さい無機的なケースに入れ、さらに、またビニールでくるんだとしても、これを封筒に入れてポストに投函《とうかん》するのはかなり緊張するであろう、とつくづくと考える。

そこで我に返る。龍子の力で、目の前にあるかのように再体験させられた自分の記憶から抜け出る事が出来て、そうだ検査では何の異常もなかった、と今度は自分の力で思い出している。そこへまた龍子の声が介入する。——それはそうでしょう、あれは私が祝福しておきましたから、と。幼い発声なのに威厳に満ちた声、威厳に満ちて

いながら嘘臭く、作りものめいた、いつもの語り。そういうものだろうか、と私はつい
いつまた騙《だま》され始めている。

というように、……記憶を様々に使役されながら、カナシバリの中で私の体は土に溶かされていく。死体はとろけてしまい土に混じる。もっとよく混じるようにと私の体を掠め、つつき散らしている棒を持った子供達は、さらに土をぐさぐさ刺し、土と私の死体を完全に混ぜ合わせる。土は棒にくっつく。黒く豊かな土。子供達が私の死体の上に排尿する。するとどこからか大人の怒り声が聞こえるのだ。

コラ、シッコ、ソコデシタラ、イカン、イカン……。

イカン、テ、イカン、テ、反抗的に嘲笑うように口まねしながら、今度は子供達は私からさほど離れてもいない場所にしゃがんで大便をしてる。いや、その姿勢を取ろうと、腰を落とし、肘《ひじ》を張って足をかがめようとする。が、大地は子供達を跳ね返すように光を放って、彼らの足を弾《はじ》き肘に力を与える。そこで、……子供達の肘は伸び手はやや下方に、いつしか握り拳《こぶし》を作って垂らされている。腰を突き出したまま、その足も伸びて、足の裏は大地に弾かれるように浮いて、跳躍を続ける。子供のシルエットはそのままの姿勢で、牛になり兎《うさぎ》になり、犬に変わる。

一方記憶の中では、黒く豊かな土からサルビアの花が無数に生じて来る。

……その記憶の中では、冬近くになってもサルビアは咲き続けた。咲いた花から溢《あふ》れた種がまた次の年の同じ季節、元の草と同じ背丈に育って、あさましい程大量の花を付けた。単純に赤く、乾いたサルビアの花。庭中に犬がうんこをして土は黒く盛り上がっていた。犬の糞《ふん》はあかんはずですがなあと言われ続けながら、土を酸性にしてしまう、肥やしが利《き》き過ぎる、背丈の低い黄色い植物ばかりになってしまう、と言われながらも、サルビアばかりを、爆発するアトピーの湿疹《しっしん》のように激しく、それは咲かせた。犬が死んでもそこの土だけが煮詰まったように黒く、毎年残った種からサルビアの濃い乾いた葉と、かさかさの細長い真っ赤な花が繰り返し伸び上がった。そしてまた私は思い出す。中学校の帰り道のフェンスに絡《から》んでいた、乾いたカラスウリの蔓《つる》の様子を……そこにだけ実がびっしりとなっているのだがその実はとても小さくて丈が短い。さらにそこから少し離れた位置にもカラスウリは豊かで、ただ、藪《やぶ》の中にぽつぽつあるのとは勢いが違っている。どちらもすぐ側《そば》に野壺《のつぼ》が埋められていた。野壺は割れていない。それなのに染《し》み出て来る？　それとも雨や洪水《こうずい》であふれたのか……ごぼりと音がしてそこからは巨大な蛙《かえる》が跳び出て来る。その蛙が夢の中でいきなり現れたのか、それとも記憶の忠実な再現なのか、私には判《わか》らない。

ただ、これだけは判っている。あれ、が土を豊かにする、良いものだという事を、龍子は私に無理に信じさせようとしているのだ。そのために私は、思い出させられている。

あれ、は土を肥やす、あれ、の御陰でみんな生きている、と龍子は言う。私は最後の力で反論する。龍子、あなたは別に精霊じゃない、自分が人間だと認められなかったはた迷惑なヒトだ、あんたは幽霊で人霊でおまけに、ある種の宗教で言うところの不成仏霊だと。

すると、なのに、……私の体からはサルビアが生えて来る。カラスウリが生えて来る。いや、もっと良いものが、美味《おい》しい物や大きな果物が花や鳩《はと》を出す手品のように、腹の内臓、脂肪、手足の骨、全身の血の色そのままに、結実し、湧《わ》き上がる。それは宙に浮き、一旦透き通り、植物図鑑で見た通りの、完全で理想的な果実になる。豚になった子供達がその果実を食べている。豚になった子供達を虎《とら》になったその親達が食べてしまう。やがて虎が痙攣《けいれん》し大地に倒れる。その体を私の手足が絡め取り抱え込む。

……地面から蔓のようになった私の手足だけが直接生えている。ついに、太陽の光熱と振動する水脈が私の体に流れ込んで来る。私の土が代謝し細胞を育てている。私は土の心臓のようなものに転生している。

世界中の食物が私の口になだれ込み、また体から出て行く。世界は私を通して繰り出される。私の中から生命が溢れ出して行く。私は次第に疲れて来る。とうとう口に食物が入らなくなった。もう吸収をしない私は、空腹にはならない。ただ体から何も出なくなってしまう。手足が次第に土に同化して、枯れた私の息が凍えた土の上に、ヒトダマの形になってふらふらと出て行く。

そこからはごく普通の夢の中に一旦戻っていた。いや、魂だけになって夢の中でだけ解放されて野原を走っていた。郊外の田畑ばかりの開けた視界に、雑なつくりの建売住宅が何軒か並んでいる。宙を走り、その建売の壁を突き抜け、私はその内の一軒に迷い込んでいた。おろしたてのシーツのきつい匂《にお》いと、ぬくもった体温の匂いが交錯している寝室に入ると、薄い板の隙間《すきま》だらけの白い家具があって、他の家具と同じ意匠のベッドがふたつ、真っ白な、蒲団《ふとん》をすっぽりくるむ掛け蒲団カバーのかかった蒲団も、ふたりの人間が起きたままの恰好《かっこう》で放置されている。寝室にもその他の部屋にも誰もいない。ベッドとベッドの間に私は佇《たたず》む。子供が隠れるようにひっそりと蹲《うずくま》る。それ以外の事は何も出来ない。

寝室の窓から自分が通って来た外の景色が見え、日照り雨が降っていた。それは苗《なわ》代《しろ》に降る雨。季節がいつのまにか初夏になったらしい。そして……そう気付いた途端に同じ家のトイレに移動させられていた。ベッドとベッドの間に座っていた時と同じ種類の、しかしやや諦《あきら》めに近い悲しみと寂しさがまた湧き上がってきた。郊外だから土地に余裕があるとでもいうのか、直径一メートルもあるような洋式トイレが、二メートルはある浴槽の側にしつらえられている。ユニットバスなのだが、どこを見ても切れ目も継ぎ目もない。生き物のようなウォーターセクションだとまた悲しくなった。

トイレを使うために蓋《ふた》を開ける。と、蓋の裏にくっつく程の何ものかが、普通よりもずっと大きなトイレの中につまっている。薄黄色い粘土のようでどんな模様も色の乱れもなく、単一の太さでまったく未消化物をも含まず、まるで絹で拵《こしら》えた縫い目のない蛇のように、それは冷たくもなく温かくもなく、どんな臭いもなく、ただそこに静まっていた。私は今度は捨て身の明るさという、何の根拠もない感情に襲われていて、目の前にトイレのドアが迫っていたので、急いで、激しい喜びに満たされてそのドアを開けた。

すると……そこは結局元の夢で、田畑に蠢《うごめ》く、その土地のその季節に相応《ふさわ》しいアケボノノ帯が見えた。視界はこの国にしては広すぎて平凡な田畑や空の色が、遠い星かパラレルワールドのように思え、どこまでも続く新緑それ自体も熱気を放ち、人の体の匂いを放って、腸の絨毛《じゅうもう》のように動いていた。風が爽《さわ》やかだという事がその場所からでも判った。果てし無い浅緑の中で無限大の形をいくつにも重ねたような、それ、が地平線を遮《さえぎ》るかのように巨大化して、蛇に似た動きを繰り返していた。それ、の一方の端は虹《にじ》のように暈《ぼか》されて天に登っていた。もう一方の端は地面に消えていた。同じ地面に、まったく対照的な印象で、畑の畦道《あぜみち》の上に白いマシュマロのような、手足だけは判る、虫の動きをする小さい生き物が交合していた。それが人間なのかどうかは判らなかった。ただアケボノノ帯に操られるようにそれらはそうしていた。

……私の目の前でアケボノノ帯が色を変えて行く。ドアの向こうの季節が進んで行く。土と水と太陽の勢いや寒暖の変化が、強い悲しみと共に意識に上って来る。夏至に金色に輝き、秋に真紅に透け、やがてその色は次第に沈んで来る。冬、灰色の蛇の脱け殻になる。私は再び、死ぬ程疲れ果てて地面の奥深くにまで沈んで行こうとしていた。私の骨はばらばらになりかけていた。と、地面の方で誰かが春を招き返した。

最初の太陽が登って来て、その光の気配が土に染み込み、死にそうな額をごく微かに暖めてきた。——私は手を伸ばして現実の窓を開けた。既に太陽は高い。ドッペルゲンガーが打っていたはずのワープロの前に私はいつのまにか座っている。龍子は消えていた。そしてなぜこんな話を書いたのかも、まったく判らなくなってしまっているのだった。

# 自著解題

## 「原始、お母さんは小さかった」——母の発達

母が縮んでいくという話をここで、私は書いている。

書き始めが一九九四年である。四半世紀以上前という事になる。この四半世紀、今までたびたび「なぜそんなぶっ飛んだ話を考えついたのか」と尋ねられてきた。或いは、「なぜ母は縮んでしまうのか」と理由を聞かれてきた。

そのたびごとに、私はこの歳まで、結構いろいろな回答や理由をひねり出してきた。例えば？　この小さい母はリゾームだなどと言ってみたり、或いは聖書の中にある熊の死体に蜂が巣を掛けて、そこから甘い蜜が滴り落ちる、そういうシーンとおなじものだと言ってみたりもした。

でもやっぱりちょっと違うな、とどこかで思っていた、そして最近。

自分は別に本作において、けして独特なＳＦや幻想小説を書いているわけではない

と納得してしまった。私は自分が現実だと思うものしか書いていない。私小説家の一番愚直なタイプ、唯物論者、それだけである。というと？

私が書いたのは、つまり殺した母が小さくなって生き返り、母神話を語り、西へ旅立ちまた帰ってくる、という一見、おとぎ話である。さらにはレギンズ風の衣装を着て大回転をするという一種の、幻想である。

しかし実はこれらはどれもただ画家がモデルを前にして描いたのと同じ、写実、現実なのだ。とはいえ、……。

あるがままの自然主義な母を少々加工して表現してはいる。

その結果がこの、母の縮小、発達、大回転音頭という三部作である。一方まあ確かに多くの現実、事実と比して、それは一見野放図でもあったので、なので語り方だけちょっと考えた記憶はある。と言うと？

「母の発達」を書いている時、たまたまアゴタ・クリストフの戯曲を読んでいた。それで今回は戯曲風にしようと思ったとか、そんな程度である。私は場が落ち付く語り方を求めたのだ。

なお、この小説の語りにはグリム童話の古い訳の影響もある(つもりでいる)。一部翻訳風にした(つもり)なのはやはり一見リアルではない世界の場を落ち付かせたかったから。

作中では毒親で大柄で抑圧的な母が、娘の幻覚の中で小さくされたり、或いは実際に殺された結果、虫っぽくて面白いお母さんに生まれ変わったりする。おならで家を吹き飛ばし、その糞は劇薬であるという破壊神の母になる。ところで、……。

実際私の母というのは最初から案外に小さかったのだ。豆粒程ではなくともある種の小ささが尊厳になっていて、世間の母親らしさを超えた生物であった。

小説の中で、ダキナミ・ヤツノの母は律子という名である。身長は百六十六センチとある。一方私の母はそんなつまらない母ではない。

母の身長は百四十八センチ、靴のサイズは二十二センチ、叔母や母の母はもっと小さくて、そもそも母の母ときたら身長百四十五センチと靴二十一センチ、ことに靴は特注。彼女はパンストを履くと足先で布が余っていた。

というような私の叔母、母、祖母、この三人は近鉄特急の二人掛けの椅子に三人で座る事が出来た。でも切符はちゃんと三枚買っていた。電車の中ではリポビタンDを一本取り出し、三人で飲んでいた。叔母は駅のホームでふと、ウルトラシェーをした。

祖母も家の中だとふざけて少し踊ったりして可愛いのだった。それは出典不明の音頭、軽妙な動きの手。

「この中で私は一番背が高い」と母は威張っていた。母方の中だと、母は目をぴかぴかさせ、得意になり、はきはき、にこにこしていた。祖父が不在がちから早くに死んだので、この長男娘は「女ども」を統率しようとし、そんな中、祖母は母が夫に買って貰った着物や洋服を平然と取り上げ、叔母はそんな時は見ない振りで沈黙し、シエー等も控えていた。要するに三人で好きなだけ葛藤をくりかえしていた。――祖母はすぐに母を怒らせた。実に怒るような事を祖母はするから。で？

「チガウヤンカイサー、チャウノンヤンカイサー」と祖母が言うと「ソーンナンイウテモナー、アーアーアーアーアー」と母は言い返し、叔母はにこにこしつつ目は笑わずごちんとして石化するが、でも結局三人の印象はそっくりであって、……。

要するに、小さい悪母達が楽器を持って踊る「元ネタ」を私は持っているのだった。この三人は幼児体型でレギンスも着れば似合うだろうと思った。つまり、ずっと見ていた事を私は書いただけだ。

母と私が並んで写真を撮ると私は百六十四・五センチで太っている。母の姿は縮小して見えた。その一方律子のモデルは？　まあやはり母と私との仲は良くなかったから、……。

当然そこには母も入っている。でもメインは叔母と祖母の関係。私はそれを見て育っている。なんであそこまで意地悪するのか、叔母は姉が嫁いで消えた(逃げた)ので、養子を取って家をついでくれたわけで。

祖母は母とも十分仲悪かったが、叔母は一方的にやられっぱなしで、私の母からも当たられていた。

なお、作中のオカブンカブシ子は祖母に可愛がられている私の立ち位置である。祖母は私を好きでいてくれたが、今思えばそれ以上に、実の娘を愛さない事に熱中していた。なおかつ、それでもやはりどこかで祖母と叔母は根本的な良い繫がりをもっていたのだった。だって、……。

私の母であれ、私の祖母であれ、葛藤していてもふと、娘にすごく優しくする事があったわけだ。それは娘の側にしてみたら「なんで？」と思うようなあまりにも根源的な自然な優しさである。食べ物、着る物、看病、付添い、母もいきなり本当に優しい時があった。なおかつ、……。

母と叔母は二人で会えば祖母の悪口を言い続けるのだった。無論この姉妹の仲もまったく良くなかった。

私の母はあととりの男子代わりに育てられて、国立大学一期校最初の女性として新聞に載った。卒業後は理系の研究員として大企業に入り、そこで男性から嫌がらせをされて仕事を辞めた。次の職場でも辞めるしかなかった。しかも、……。好きな男が養子に来なかったので嫁ぐしかなかった。結果、夫のいるところで専業主婦になり、地域社会の中で閉じこもった。途中で少し教えたりしたが、それも夫や男子優先の職場、結局は男側の都合で辞めるしかなかった。こうして、……。

民主主義の建前を形骸化させながら、重い着ぐるみを母は着る事になった。天下のあととり長男娘から、凡百の嫁になった母の不遇感、社会から隔絶されつつも余所者扱いされている孤独な毎日、それでもＰＴＡで闘争した結果、どんな間違いも許されなくなってしまった母。もともと周囲の女性からこそ、その高学歴を憎まれていた。そんな母はいつも怖くて怒っていてなおかつひどい事に、……。

私は母の面子を徹底破壊する凶器だった。だって子供の頃の私は場所も時間も他人の言った事も何も聞けないし覚えられなかった。学校にいると霧の中のようだし、家にいると頭が固まっていた。体もどう動かしてよいのか分からない事が多く、子供とはいえ根本食べるものにしか関心がなく、料理をしている母とだけは交流出来た。でもそれだと律子やヤツノとあまり変わらないって？　それがある時、……。

母は気がつくとその外見にふさわしい、「百獣の王お母さん」に変成していた。テレビ漫画の少年ケニヤのように、裸足で駆け抜ける子供らしい母を私は知っている。ていうか、気がつくと母はそうなっていた。

今までのへの字口からふいに「にかー」と笑う母になった。ふと気が付くと、「蟹が穴から出るとこ」の形態模写をしていた。天然パーマの頭をとかないでがりがり掻いている母。ちょっと走ると、わーい、などと言っている「子供」。紙袋を見ると膨らませて割るしひとの背中には洗濯ばさみを付ける。近所の男の子を手下にして得意になっている。

それは母がまだ女学校に行っていた頃のキャラクターらしかった。優等生でも腕白、威張ってても愛される「男の子」の母。お母さん男の子。そこで？

お母さんのにおいは煙草のにおい、おならのにおい、と私はつい言っていた。

母は動作も態度もどんどん幼児化し本当に小さくなって見えた。今までは険悪についていた嘘を、楽しんで支離滅裂につくようになった。「なんでそんな悪いことをするの」と私が聞くと「なんでとかない、わたいはしたいからしているだけやもーん」と答えるのだった。

無論元の律子に戻っている時もあった。そんな時私は「お母さん胡椒の瓶と並んでる」と母に五七五で元に戻るための呪文を唱えた。

なお、普通おならの名手は父であり男性特権なのだが、縮小した母は偉大だった。私は母がさあ今からおならするぞ、と言うと、ギャっと叫び、げふ、げふと苦しんで転がった。母は笑っていた(実際はしていない)。でももしかしたら母はどこか傷付いていたかもしれなかった。

私が「おかしく」なってしまったからそういう自由な自分に戻らなくてはいけないと思ったと母は言っていた。変な悪いお母さんになっておくのだと。

母は自分より背が高くなった私に怒れなかった。私の進路に介入しすぎて失敗、というのもあったし、それ以前に私が「ノイローゼ」になってしまったと誤認したからだ。

でも、実はそうではなくて、希少難病だった。肉体の痛みや熱、消耗だけであった。十代の半ばから私は朝起きられなくなり、焦げるような熱に苦しんだり力が抜けて立てなくなり、学校でも家でもずっと眠りつづけた。昔からいろいろ不具合の多い子供だったが、それが仕上がってきたとしか言いようがなくなった。家族はノイローゼだと思い、医者回りなどは特にしなかった。ところが実は私は、当時アメリカで提唱されはじめたばかりの希少難病、混合性結合組織病の前駆症状に苦しんでいたのだった。

その後も無論、現実には毒親の面もずっとあったけれど、母は根本、母である事に失望してそこから抜けたのだ。ＰＴＡやケーキ作りの会を、ぶん投げたのだ。で？どんな原因からであれ、それは画期的な事だった。その重い着ぐるみを脱いだときの母を見ていると「宇宙に旅立つ」小さい母だった。日本の家庭において、……。

母でいる事はどんなに嫌な事だろう、妻であれなんであれ、女の役割は逃げておけば幸福になれるものと私は学んだ。その一方、ひとりの人間としての小さい母は「百獣の王」である。着ぐるみを脱ぐと母は人間に戻る、なおかつ。

戻ったとしても母であるし、女である。そのままの姿で「宇宙に旅立つ」。何からも自由で「時空に響く」。

まあそんなにきれいごとだけではないかもしれない、でも結論。

母の縮む話はただの逆回し。元ネタを握り締めて、安心して私は書いていた。

母を子供にして一生を送ろうかというのは私が母の機嫌良い時本当に言った言葉である。母と戦う作家だと私は思われているけれども。

本作は河出書房新社からの文庫化の時斎藤美奈子氏に解説を書いていただいた。氏はその解説の中でこの小説を、母という重いものをウンコにして水洗トイレに流す浣腸小説と評価してくださった。しかしそう書きながら、氏にも一点躊躇があるように私には思えた。

氏の解説は主婦、近代等のよく通じるキーワードを踏まえていて、日本文学の基本を知っている読者には一発で通ずる、まことに有効、強力なものであった。この解説によって私は良い読者に恵まれる事になった。感謝している。そして浣腸小説というこの評価を「書いてしまった」と表現する氏の躊躇に賛同しつつさらにこう付け加える。

これは母をウンコにして追い出す小説ではない。むしろ私達は母のするウンコにされてしまったのだ。小さい母は自分で脱いだ母性神話という着ぐるみをはむはむ食って、おならにしてウンコにしてくっそにしてばっちり気持ち良く放出してしまった。そして心残りなく原始の太陽に戻ったのだ。これは最初から小さかった母の実録なのである。だって、……。

お母さんをトイレに流せば二十分後にはその便壺からは一本の木が生えてくる。木はたちまち成長し天に届くし、その木になっている実は全部、例のレギンスをはいた粒々のお母さんなのだから。

なおこの「母の発達」には短い続編二つがあり、それは今『母の発達、永遠に／猫トイレット荒神』という高い分厚い本に収録されている。濁音の母、半濁音の母が活躍している。

また、本文「母の発達」に出てくるドボルザークの曲の歌詞は『新世界』のではなく、小学校唱歌、冬景色の誤引用である。だって本当に見た夢のままに書いたからね、そして岩波現代文庫収録に際し、この誤引用を私は正しい表記に訂正した(笑)。

# 「幻の怪作」——アケボノノ帯

別に封印していたわけではない。電子書籍以前の、前世紀の新潮文庫から、表題作の「二百回忌」だけ抜いて、他の受賞作品と纏めて文庫化した。他の短編も確か別の文庫に入れた。でもこれは残っていた。だってどうも、なんか他と纏めようがなかったから。今回はまあ、斎藤氏の浣腸小説という言葉に触発されてちょっと入れてみた。

雑誌発表当時、蓮見重彦氏にボロクソに言われたこの「問題作」を私は今もなぜか、氏に案外に褒められたのだと思ってしまっている。一方、柘植光彦氏が私に面と向かって「ウンコものですな」と言ったのには怒っている。それはある雑誌のインタビューの時だった。なお、その依頼時に五万円もくれると言ったインタビュー料は年越えても来ず、歳月を経て三千円のお花のチケットが届けられた。で？　なんか教訓があるのかこの話は、ない、ない、ないったらない！

とはいえ、原発がトイレのない家だというような話ではある。ウンコを否認した庶民は生きられないぞだとか。他、性自認もとい、唯心論の話と言えなくもない。

つまり作中の主人公龍子は自分が女性であるという現実を透明化し、自分の肉体を否認し便意も否認した。その結果死んだ後も「ワールド農耕霊」になって「罰せられ」さ迷っている。しかし、……。

これ別にそういう「頭でっかちの生意気な女が罰せられる」というような終わりではないつもりである。つまり、私には龍子の気持ちが分かるから。というわけで、……。

このひと、「水晶内制度」という作品の中に引っ越している。名前は龍子のまま、そこで彼女は教祖となっており、どうやったら男になれるかを考えたりして、結局作中の女人国建国に貢献してゆく。

なお、全ての作品を熟読してくれる長年の読者から、この「アケボノノ帯」だけは嫌いだと言われたことがある。しかしなぜ嫌いかの理由は聞かないままこの読者も実は結局、この作品が好きなのだと私はずっと思ってしまっている。

あと、そう言えば昔本作の中の狸の言葉(一八五ページ)を誰かに妙に絶賛されたことを思い出したので、その人語の部分訳を書いておく。だってね、別にそんな、大層なものではないですので、とかそんな意味でここに、……。

「はい、いいですか今から、龍子さんの目と手と足とを取ってしまいましょう。ほら抵抗できないね、これでもう永久排泄器官だから、そうだよこの世の終わりまで、唯心論に罰せられた肉体は脱腸するだけだ(以下略)」

本書は一九九六年に河出書房新社より単行本として、一九九九年に河出文庫として刊行された。岩波現代文庫への収録に際して、内容を一部変更し、「自著解題」を新たに加え、「アケボノノ帯」を併せ収録した。

母の発達・アケボノノ帯

2023年9月15日　第1刷発行

著　者　笙《しょう》野《の》頼《より》子《こ》

発行者　坂本政謙

発行所　株式会社 岩波書店
〒101-8002 東京都千代田区一ツ橋2-5-5
案内 03-5210-4000　営業部 03-5210-4111
https://www.iwanami.co.jp/

印刷・精興社　製本・中永製本


ISBN 978-4-00-602351-5　Printed in Japan

# 岩波現代文庫創刊二〇年に際して

二一世紀が始まってからすでに二〇年が経とうとしています。この間のグローバル化の急激な進行は世界のあり方を大きく変えました。世界規模で経済や情報の結びつきが強まるとともに、国境を越えた人の移動は日常の光景となり、今やどこに住んでいても、私たちの暮らしは世界中の様々な出来事と無関係ではいられません。しかし、グローバル化の中で否応なくもたらされる「他者」との出会いや交流は、新たな文化や価値観だけではなく、摩擦や衝突、そしてしばしば憎悪までをも生み出しています。グローバル化にともなう副作用は、その恩恵を遥かにこえていると言わざるを得ません。

今私たちに求められているのは、国内、国外にかかわらず、異なる歴史や経験、文化を持つ「他者」と向き合い、よりよい関係を結び直してゆくための想像力、構想力ではないでしょうか。

新世紀の到来を目前にした二〇〇〇年一月に創刊された岩波現代文庫は、この二〇年を通して、哲学や歴史、経済、自然科学から、小説やエッセイ、ルポルタージュにいたるまで幅広いジャンルの書目を刊行してきました。一〇〇〇点を超える書目には、人類が直面してきた様々な課題と、試行錯誤の営みが刻まれています。読書を通した過去の「他者」との出会いから得られる知識や経験は、私たちがよりよい社会を作り上げてゆくために大きな示唆を与えてくれるはずです。

一冊の本が世界を変える大きな力を持つことを信じ、岩波現代文庫はこれからもさらなるラインナップの充実をめざしてゆきます。

（二〇二〇年一月）

## 岩波現代文庫[文芸]

B333
六代目圓生コレクション
### 寄席育ち
三遊亭圓生

圓生みずから、生い立ち、修業時代、芸談、噺家列伝などをつぶさに語る。綿密な考証も施され、資料としても貴重。〈解説〉延広真治

B334
六代目圓生コレクション
### 明治の寄席芸人
三遊亭圓生

圓朝、圓遊、圓喬など名人上手から、知られざる芸人まで。一六〇余名の芸と人物像を、六代目圓生がつぶさに語る。〈解説〉田中優子

B335
六代目圓生コレクション
### 寄席楽屋帳
三遊亭圓生

『寄席育ち』以後、昭和の名人として活躍した日々を語る。思い出の寄席歳時記や風物詩も収録。聞き手・山本進。〈解説〉京須偕充

B336
六代目圓生コレクション
### 寄席切絵図
三遊亭圓生

寄席が繁盛した時代の記憶を語り下ろす。各地の寄席それぞれの特徴、雰囲気、周辺の街並み、芸談などを綴る。全四巻。〈解説〉寺脇研

B337
### コブのない駱駝
—きたやまおさむ「心」の軌跡—
きたやまおさむ

ミュージシャン、作詞家、精神科医として活躍してきた著者の自伝。波乱に満ちた人生を自ら分析し、生きるヒントを説く。鴻上尚史氏との対談を収録。

2023. 9

# 岩波現代文庫［文芸］

B338-339
## ハルコロ (1)(2)
石坂　啓漫画
本多勝一原作
萱野　茂監修

一人のアイヌ女性の生涯を軸に、日々の暮らしや祭り、誕生と死にまつわる文化など、アイヌの世界を生き生きと描く物語。〈解説〉本多勝一・萱野茂・中川裕

B340
## ドストエフスキーとの旅
―遍歴する魂の記録―
亀山郁夫

ドストエフスキーの「新訳」で名高い著者が、生涯にわたるドストエフスキーにまつわる体験を綴った自伝的エッセイ。〈解説〉野崎歓

B341
## 彼らの犯罪
樹村みのり

凄惨な強姦殺人、カルトの洗脳、家庭内暴力と息子殺し……。事件が照射する人間と社会の深淵を描いた短編漫画集。〈解説〉鈴木朋絵

B342
## 私の日本語雑記
中井久夫

精神科医、エッセイスト、翻訳家でもある著者の、言葉をめぐる多彩な経験を綴ったエッセイ集。独特な知的刺激に満ちた日本語論。〈解説〉小池昌代

B343
## ほんとうのリーダーのみつけかた　増補版
梨木香歩

誰かの大きな声に流されることなく、自分自身で考え抜くために。選挙不正を告発した少女をめぐるエッセイを増補。〈解説〉若松英輔

2023. 9

## 岩波現代文庫[文芸]

B344
### 狡智の文化史
—人はなぜ騙すのか—
山本幸司

嘘、偽り、詐欺、謀略……。「狡智」という厄介な知のあり方と人間の本性との関わりについて、古今東西の史書・文学・神話・民話などを素材に考える。

B345
### 和の思想
—日本人の創造力—
長谷川櫂

和とは、海を越えてもたらされる異なる文化を受容・選択し、この国にふさわしく作り替える創造的な力・運動体である。〈解説〉中村桂子

B346
### アジアの孤児
呉濁流

植民統治下の台湾人が生きた矛盾と苦悩を克明に描き、戦後に日本語で発表された、台湾文学の古典的名作。〈解説〉山口守

B347
### 小説家の四季
1988―2002
佐藤正午

小説家は、日々の暮らしのなかに、なにを見つめているのだろう――。佐世保発の「ライフワーク的エッセイ」、第1期を収録！

B348
### 小説家の四季
2007―2015
佐藤正午

『アンダーリポート』『身の上話』『鳩の撃退法』、そして……。名作を生む日々の暮らしを軽妙洒脱に綴る「文芸的身辺雑記」、第2期を収録！

岩波現代文庫［文芸］

B349
増補 もうすぐやってくる尊皇攘夷思想のために
加藤典洋

幕末、戦前、そして現在。三度訪れるナショナリズムの起源としての尊皇攘夷思想に向き合うために。晩年の思索の増補決定版。〈解説〉野口良平

B350
大きな字で書くこと／僕の一〇〇〇と一つの夜
加藤典洋

批評家・加藤典洋が自らを回顧する連載を中心に、発病後も書き続けられた最後のことばたち。没後刊行された私家版の詩集と併録。〈解説〉荒川洋治

B351
母の発達・アケボノノ帯
笙野頼子

縮んで殺された母は五十音に分裂して再生した。母性神話の着ぐるみを脱いで喰らってウンコにした、一読必笑、最強のおかあさん小説が再来。幻の怪作「アケボノノ帯」併収。

2023. 9